五十七年目の夏に

一枚の写真

先日、私の郷里《きょうり》の福岡から一枚の写真が送られてきた。差出人《さしだしにん》は私の知らないご婦人だった。その写真には、白い帽子《ぼうし》をかぶった若い女性の姿が写《うつ》っていた。

白いブラウスに白いスカート。手には軟式テニスのラケットをもっている。顔はふっくらと丸く、からだ全体に若々しいエネルギーがあふれている。写真にそえられた手紙には、このような意味のことが書かれていた。

「あなたのお母さまが、敗戦後の外地で、不幸な亡くなりかたをされたとききました。わたしは小学生のころあなたのお母さまが教師をつとめておられた小学校に学び、教えをうけた者です。当時の先生のお写真がみつかりましたので、お送りさせていただきます。オルガンとテニスが上手《じょうず》で、とても明るく、とてもやさしい女先生でした」

私はその写真から目をそらして、机の引出しの奥にしまいこんだ。心臓が激しく鼓《こ》動《どう》して、しばらくとまらなかった。そのときの私の心にたぎっていたのは、説明のしようのない、理不尽《りふじん》な怒りだった。怒りの感情で手が震えるということが、実際にあるのだな、と思った。

親切な未知のご婦人からの便りに、私はそのとき返事を書かなかった。そのことで、いまも私は大きな借金を背負っているような気がしている。

しかし、その写真に出会うまで、私は半世紀以上かかって、ようやく母親のことを思い出さずにすむようになってきていたのだ。なんとかその記憶を消しさりたいと、私はながいあいだずっと必死で闘《たたか》ってきた。ふりはらっても、ふりはらっても、よみがえってくる母親のイメージがある。その記憶からようやく解放されそうになってきた矢先《やさき》に、一枚の写真が私のところへ届いたのである。そのことで、私の五十七年の心のなかの努力は一瞬にして崩れさってしまったのだ。

「いまごろこんなものを送りつけてくるなんて！」

と、私の裸《はだか》の心は叫んでいた。未知のご婦人の善意からの贈りものとわかっていても、私は相手がうらめしかった。

そして結局、いまでも私は送り主のご婦人に返事も、礼状も書かずじまいである。

そのことは、固いしこりとなって、ずっと心の隅《すみ》に引っかかったままだ。

机の引出しも、そのときからまだ一度も開けていない。たぶん、これからもずっと、死ぬまであの写真を見る気持ちにはならないことだろう。


その夏、私は満十二歳だった。

一九四五年（昭和二十年）の八月、日本が第二次世界大戦に敗《やぶ》れた年である。

当時、私たち一家は父の仕事の関係で、朝鮮半島北部の平壌《へいじょう》という街《まち》に住んでいた。いまの朝鮮民主主義人民共和国の首都のピョンヤンである。

戦争に敗《ま》ける、という経験は、私たち日本人にとっては、はじめてのことである。しかも情けないことに、いままで植民地として支配していた土地で敗戦国の国民になることの重い意味が、私たちにはぜんぜん理解できていなかったのだ。

要領のいい人たちや、政府高官の家族たちが、敗戦の直前から大きな荷物と一緒に続々と平壌駅から脱出しつつあることもまったく知らなかった。私たち一般市民は事態《たい》にどう対処《たいしょ》していいかわからぬまま、政府の指示をぼうぜんと、ただ待っていたのである。

いまになってみると、そんな私たちの態度は、おろかしいとも、滑稽《こっけい》とも言いようがない。ながい戦争の時代をつうじて当時の日本人は、自分の力で身を守ることをすっかり忘れはててしまっていたのだとつくづく思う。

やがて街に旧満州《まんしゅう》や、北部朝鮮の町から逃《のが》れてくる日本人難民の行列が見られるようになってきた。ソ連軍に追われて、徒歩で平壌にたどりつく彼らの姿に、私たちは異様《いよう》な感じをうけた。ほとんどが女、子どものグループである。頭を丸刈りにして、顔中に鍋墨《なべずみ》をぬっている。男の服を着ている女性たちの姿も見られた。

歩けない子どもを、ずだ袋のようにほこりを立てて引きずっていく母親もいた。首ががくんと折れて、もう生きてはいないだろうと思われる赤子《あかご》を、背中に荷物のようにくくりつけてふらふら歩いてくる女性もいた。

多くの自害者を出し、またソ連軍戦闘部隊兵士たちの暴行やレイプをくぐり抜けながら、母国へ帰ろうと必死で南下してきた人びとだったのだ。

やがてソ連軍が平壌に入城してきた。そしてそれまで他人《ひと》ごとのように思っていた事態が、たちまち私たちの上にも降りかかってきた。

軍隊の占領に、略奪《りゃくだつ》や、暴行、レイプはつきものである。そういうことのなかった戦争というものはない、といまの私は思う。しかし、当時の日本人たちは、ただうろたえ、逃げまわるだけだった。急いで組織をつくり、ソ連軍当局と交渉するなどというやりかたは、ほとんど念頭になかったようだった。

その日の午後、私たち家族が住んでいた師範《しはん》学校の舎宅《しゃたく》に、突然、ソ連軍の兵士たちが姿をあらわした。彼らはマンドリン銃と私たちが呼んでいた自動小銃をかまえて家に入《はい》ってきた。なかには旧日本軍の南部式《なんぶしき》拳銃を手にしている少年のような若い兵士もいた。

父は風呂《ふろ》に入っているところだった。母はひと月ほど前から体調をくずし、居間に布団をしいて寝ていた。私は風呂の横にいたのだが、なにをしていたのか、どうしても思い出すことができない。そのあたりから私の記憶は、フラッシュ撮影のように一瞬、鮮明になったり、消えたりする。幼い弟と妹がどこにいたのかも記憶にない。

ソ連兵に自動小銃をつきつけられて、裸の父親は両手をあげたまま壁際《かべぎわ》に立たされた。彼は逃げようとする私を両腕で抱きかかえて、抵抗するんじゃない！　と、かすれた声で叫んだ。悲鳴のような声だった。ソ連兵の一人が、私をおしのけて裸の父親のペニスを銃口で突っついた。そして軽蔑《けいべつ》したようになにかを言い、仲間と大笑いした。

それから一人が寝ている母親の布団をはぎ、死んだように目を閉じている母親のゆかたの襟もとをブーツの先でこじあけた。彼は笑いながら母の薄い乳房を靴でぎゅっとふみつけた。そのとき母が不意《ふい》に激しく吐血《とけつ》しなかったなら、状況はさらに良くないことになっていただろう。

あのとき母の口からあふれでた血は、あれは一体《いったい》、なんだったのだろうか。病気による吐血だったのか。それとも口のなかを自分の歯で嚙《か》み切った血だったのか。まっ赤《か》な血だった。

さすがにソ連兵たちも驚いたように、母の体から靴をおろした。彼らもようやく病人だと気づいたようだった。そして、二人がかりで母の寝ている敷布団の両端をもちあげると、奇声を発しながら運んでいき、縁側《えんがわ》から庭へセメント袋を投げるように投げだした。

そのとき私はどうしていたのだろう。大声でなにか叫んだ記憶があるが、その言葉はおぼえていない。

「かあさん！」

と、叫んだようでもあり、また、

「おとうさん！」

と、叫んだような気もする。自動小銃を突きつけられたまま、私と裸の父親は身動きもせずにそれを見ていた。

やがてソ連兵が目ぼしいものをねこそぎ持ちさったあと、私と父親は母親を抱いて庭から居間に運んだ。母はひとことも言葉を発しなかった。私と父親をうっすらと半《はん》眼《がん》でみつめただけだった。

やがて数日後に、その舎宅もソ連軍に接収《せっしゅう》され、私たち家族は母をリヤカーにのせて雨のなかを別な場所へ移った。

事件のあった日から、母はなにも口にしなくなった。まったくものも言わず、父親がスプーンで粥《かゆ》をすすめても、無言《むごん》で目をそらすだけだった。

やがて母が死んだ。たらいに水を張り、父と二人で遺体を洗った。午後の日ざしをうけて、水中の母の体が屈折《くっせつ》して見えた。こんなに小さな体だったのかと驚かされた。灰色の陰毛が藻《も》のようにゆらいでいたのを、きのうのことのようにはっきりとおぼえている。

それから五十七年がすぎた。私はときどき夢のなかで、庭から父と私に抱きかかえられて居間へ運ばれた母親が、かすかに微笑して、私たちにこうつぶやくのをきくことがある。

「いいのよ」

私と父親とは、母の死以後、ずっと共犯者としてうしろめたい思いを抱《いだ》きながら生きてきた。父が死ぬまで、彼とはおたがいに目をみつめあうことが一度もなかったように思う。

父親はやがてアル中になった。そして引き揚げ後もさまざまな仕事を試《こころ》みては、ほとんど失敗した。小倉《こくら》の競輪場で血を吐いてたおれたこともある。そして五十五歳で腸結核で死んだ。あれも父なりの母への責任のとりかただったのかもしれない。

こんな暗い話は、二度と書きたくないと思う。しかし、つい先ごろ、五十数年の努力がみのって、ようやくあの日の記憶が心によみがえってこなくなりかけていたのだ。

そこに、あの写真が送られてきたのである。

「オルガンとテニスが上手で、とても明るく、とてもやさしい女先生でした」

旧姓、持丸《もちまる》カシヱ。昭和二十年九月二十日、平壌《ピョンヤン》にて没。享年《きょうねん》四十一。

許《ゆる》せない歌

あれはたぶん、私が十歳になるかならぬかのころのことだろうと思う。

窓から青桐《あおぎり》の木が見える風呂場《ふろば》で、父親から背中を流してもらっていた。夏の夕方、庭で剣道の稽古《けいこ》をさせられたために、汗びっしょりになってしまったのだ。

私の父親は瘦《や》せ型の、いかにも剣道家タイプの男だった。物心《ものごころ》ついたときから家には日本刀のコレクションが少なからずあった。もちろん、たいした刀ではあるまい。師範《しはん》学校を出ただけの教師の収入では、凝《こ》ったところでたかがしれている。しかし、剣道のほうにはかなり自信をもっていたようでもあり、また、好きでもあった。

彼は小学生の私を、毎朝のように庭にひっぱりだしては稽古《けいこ》をつけた。竹刀《しない》ではなく木刀をもたせ、馬鹿《ばか》みたいに打ち込みの切り返しだけをくり返させる。夏休みには夕方にも同じことをやらせた。そして汗だくの私とせまい風呂場で背中の流しっこをする。そしていつも同じことを言う。

「本ばかり読んでもだめだぞ。男の子はまず体をきたえることだ。いいか」

しかし、そんなことを言うご当人は、いつも深夜まで勉強ばかりしていた。当時、父親はいまのソウルの小学校に勤めていたが、地方の師範学校を出たくらいでは、いくら植民地とはいえ将来はたかがしれている。文検《ぶんけん》（旧制の文部省中等学校教員検定試験）とか専検《せんけん》とか、そんな国家試験をいくつもパスするのが、まだ若かった彼の当面の目標だったらしい。

ところで風呂場での話だが、その日、いつものように汗だくの稽古を終えて背中を流してもらっているとき、ふと、父親が奇妙《きみよう》な歌を口ずさんだのである。

私は驚いて彼の顔を見た。父親はしらふではめったに歌をうたったりしない男だったからだ。

それに、同じところばかり何度もくり返すその歌の節まわしが尋常《じんじよう》ではない。お経のようでもあるが、それとはちがう。軍歌でもない。また父親が無理《むり》に私に習わせていた詩吟《しぎん》のたぐいでもなかった。どことなく陰鬱《いんうつ》で、しかも一度きいたら忘れられないメロディーである。妙《みょう》に気になる歌だった。

「その歌、なに？」

と、私がきくと、父親はあわててうたうのをやめた。私がかさねてたずねると、彼はしぶしぶといった感じで、これはロシアの歌だ、と言った。そして弁解がましい口調で、こう付け加えた。

「こんど日本はソ連と条約をむすんだんだ。だからロシアの歌をうたってもかまわんのだ」

いまにして思えば、そのとき父親が口ずさんだのは、例の有名な『ヴォルガの舟《ふな》唄《うた》』の一節だったと納得《なっとく》できる。

「エイ、コーラ。エイ、コーラ。もひとつ、エイ、コーラ」

という、あのくり返しの部分である。これが私が生まれてはじめて耳にしたロシアの歌だった。

また、父親が言っていたソ連と条約うんぬんの話が、一九四一年にモスクワで調印された日ソ中立条約のことだとは、戦後、父が亡くなったあとになってから知った。せまい風呂場の窓から見える大きな青桐の葉と、エコーのかかった陰鬱《いんうつ》なリフレインは、その後ながく私の記憶の底に残って消えなかった。

やがて父親は小さな階段を一段のぼった。ソウルの小学校から、平壌《ピョンヤン》の平壌《へいじょう》師範学校の高等部へと職場をかわったのである。

そのときから一九四五年（昭和二十年）夏の日本の敗戦までが、おそらく彼のもっとも活気にみちた壮年期だったにちがいない。

試験勉強と剣道に対する熱意も、少し醒《さ》めたようだった。いまにして思えば、彼は次なるステップをめざして、方向転換を企《くわだ》てていたのではないかと思う。

家で宴会がしばしば催《もよお》されるようになったのも、ひとつの変化だった。官吏《かんり》や、新聞記者や、ときには軍人などもやってくることがあった。石原莞爾《いしはらかんじ》とか、東亜《とうあ》連盟《れんめい》とかいった言葉が座敷からきこえてくることもあった。

ある晩、ハルビンからやってきたという目の鋭い男が、奇妙な歌をうたった。それ

はふだん宴席でうたわれる『鴨緑江節《おうりょっこうぶし》』とか、ストトン、ストトンと通《かよ》わせて、など
と替え唄でうたう猥歌《わいか》のたぐいとはまったくちがった種類の歌だった。
その歌が座敷から流れてくるのをきいたとき、柔らかい手で心臓をもみしだかれる
ような感じがしたのを昨日《きのう》のことのようにおぼえている。
「あれはロシアの歌よ」
と、料理の空皿を盆にのせて廊下をもどってきた母親が小声で言った。
「ハルビンの酒場で白系ロシア人の女がうたうんだって」
彼女は平壌《ピョンヤン》に転勤してからの父に対して、ある違和感《いわかん》を抱《いだ》いているようだった。し
ばしば家で催される宴会のことで、父親と口論しているのをきいたこともあった。母
親は、客たちがうたう春歌、猥歌などをきくたびに眉《まゆ》をひそめて、ため息をついた。
私がストトン、ストトンと音がする、かあさんあの音なんの音、などと宴席の歌を真《ま》
似《ね》したりすると、黙って私をみつめ、悲しそうに左右《さゆう》に首をふる。子ども心にも当時
の母が、なにかに苛立《いらだ》っていることが感じられたものだった。
あのとき耳にした歌が、なんだったのかはいまだにわからない。ただ、あれはロシ

アの歌よ、と暗い廊下に立ってささやいた母親の目が、いつになくいきいきした光をおびていたことだけは、くっきりと記憶に残っている。


日本の敗戦が知らされた夏、私は平壌一中の一年生だった。父親は教育召集とかで入隊し、敗戦の直前に除隊して帰ってきたばかりだった。

明日《あす》、重大発表がある、というニュースが伝わったあと、父親は妙に活気づいて、私たちに言った。

「これでもう大丈夫だ。重大発表というのは、ソ連が日本と同盟して米英に宣戦布告をするということだ。もともとソ連は日本と条約をむすんでいるんだからな」

そのときすでにソ連軍が国境をこえ、旧満州《まんしゅう》のみならず朝鮮北部にも攻撃をくわえつつあったことを思えば、なんとも言いようのない気持ちにおそわれてしまう。日本人というのは、なんというお人好《ひとよ》しなのだろうか。

もちろん多くの人びとのなかには、冷静な状況判断ができた現実家も少なからずいたにちがいない。しかし、神州不滅《しんしゅうふめつ》、というのは、いわば当時の日本人大部分の信仰《しんこう》だった。それも下級知識人ほど強く信じていたようである。そんな父親に比べて、母親のほうは本能的に日本の敗戦を予感していたらしく、饒舌《じょうぜつ》な父親をよそに終始だまりこんだままだったことをいまもふと思い出すことがある。

もっとも彼女は半年ほど前から、ずっと体調をくずして、寝たり起きたりの生活がつづいていた。ふっくらした丸顔だったのが、しだいに痩《や》せてゆき、いつもつらそうな表情をしていた。敗戦が報じられてからは、ほとんどふせったきりになってしまった。

やがて平壌《ピョンヤン》にもソ連軍が入城した。先頭に乗りこんできたのは最前線の戦闘部隊である。どこの国の軍隊でも実戦部隊の兵士のやることには変わりはない、有史《ゆうし》以来、ずっとそうなのだ。略奪《りゃくだつ》があり、暴行があり、強姦《ごうかん》があった。

その間におきたことをくわしく書けば、何十冊もの本になるだろう。いまの私には、まだそのことを書く心の準備ができていない。たぶん、このまま書かずに終わってしまうのではないかという気がする。

さて、そんななかで、私はある日の夕方、宿舎に帰ってゆくソ連兵たちの隊列と出会った。連中は自動小銃をだらしなく肩にかけ、重い足どりでのろのろと歩いてゆく。服装は粗末を通りこしてボロ布にちかく、どう見ても物乞《ものご》いの集団としか思えない一団である。

突然、その隊列のなかのいく人かが、低い調子で歌をうたいだした。すぐに何人かが加わり、たちまち全員がそれに和して歌声が大きくなった。

なんという歌声だっただろう！　それは私がかつて聴《き》いたことのない合唱《コーラス》だった。胸の底から響《ひび》くような低音。金管楽器のような高く澄んだ声。いや、声を通りこして心に響いてくるなにか奥深いもの。

私は体がしびれたようになって、その場にたちすくんだ。隊列はたそがれの街《まち》を少しずつ遠ざかってゆく。行進曲とはまったくちがった哀《かな》しく暗い歌声も、次第《しだい》にかすかになっていった。

私はあたりが暗くなっても、まだその場を動けないでいた。頭のなかでえたいのしれない混乱と疑問が渦巻《うずま》いて、いまにも卒倒しそうな感じだった。地面にひざまずいて祈りたいと感じた。そして同時に、こんなことがあっていいのか！　と大声で叫びたい気持ちでもあった。そして、おれは絶対許《ゆる》さないぞ、と心のなかでくり返した。こんなことは認《みと》められない、と、私は感じたのだ。毎晩のように女たちを連れさりにくる強姦者たちが、こんな美しい歌をうたうことができるのなら、おれは絶対に歌なんて許さないぞ、と。たぶん、私の心は悲鳴をあげていたのだろうと思う。

あの日、少年の私が感じたことは、それほど筋道《すじみち》だったものではない。実際には混乱した感情のなかで、ケダモノがどうしてあんな美しい歌をうたえるんだ、と、打ちのめされただけの話だろうと思う。

しかし、その記憶は、いまだに消えないこだわりとなって、私のロシア民謡に対するルールとなっているらしい。私はある断念《だんねん》を誓《ちか》ったのだ。

歌をして抒情《じょじょう》の域《いき》にとどめせしめよ、というのがその決心である。そこから一歩も踏《ふ》みいるまい、と、きめたのだ。

かつて〈うたごえ喫茶〉のブームがあった時代も、学生の私はついに一度もその種の店に足を踏みいれたことがなかった。いろんなロシアの歌を愛唱することはあったが、それはあくまで抒情の小道具として愛したにすぎない。そういう屈折《くっせつ》した形でしか、私の復讐《ふくしゅう》ははたせなかったのである。

のちに私が大学のロシア文学科を受験したいと言ったとき、父親はひとこと、

「ソ連はかあさんの敵《かたき》だぞ」

と、短く言った。

遠景のなかの父

父は私が早稲田《わせだ》の学生のころに死んだ。

父について、私はきわめて知るところが少ない。正真正銘《しょうしんしょうめい》の実の父親なのだが、なぜか知らないことが多々ある。ひとつは私自身が、知りたがらないせいもあるだろう。最近《さいきん》、ときたま昔の父を知るかたがたから、いろいろと両親のことについて教えてくださる手紙をいただくことがある。だが、私はそのご好意に感謝する一方で、見せてほしくないものを突きつけられるような一種の戸惑《とまど》いを感じないではいられない。

私の記憶のなかには、私なりの父親像があって、それはそれで漠然《ばくぜん》たるままにひとつの形をなしているのだ。本来、私は事実というものにあまり信をおかないたちの人間なのである。まして人間の記憶や、人間の手による記録など、ほとんど信じることをやめて、これまで生きてきた。

そういうわけで、私が勝手につくりあげている父親のイメージは、私の創作といったほうが正しいだろう。私は父の死を見送って以来、ずっとそのようにして彼についての空想的な物語を書きつづけてきたようなものなのだ。

父は、福岡県の山間部、それもかなり肥後《ひご》（熊本）にちかい農村の出身である。格別な由緒《ゆいしょ》のある家柄でもなく、豪農《ごうのう》でもない。むしろ貧しい百姓《ひゃくしょう》の子であったと思われる。その山村《さんそん》には、私が朝鮮から引き揚げてきて身を寄せている時期にさえ、水道も電灯もなかった。中学生だった私は、よく夕方になるとランプのホヤを磨《みが》いた記憶がある。

そういう農家の二、三男に生まれて、ある程度《ていど》知能指数が高く、上昇志向を抱《いだ》いた青年の選ぶ道には、いくつかのコースがあったようだ。父はそのなかのひとつ、師範《しはん》学校の給費生《きゅうひせい》となって、山ひだにこびりついたような山村を出た。彼が進んだのは小《こ》倉《くら》の師範学校である。

父の小倉師範時代のことについては、ほとんど知らない。剣道をやってのちに三段を取ったこと、器械体操ができて、大車輪などという鉄棒の技《わざ》をこなしていたこと、などは知っている。

学校を出ると、郷里《きょうり》の小学校に奉職《ほうしょく》した。それから私の母と恋愛して結婚した。母も女子師範を出た小学校の教員だった。そのへんの事情は、親戚《しんせき》の者にきいて、おぼろげながら知っている。

やがて二人は、朝鮮半島へ渡った。外地へ出るについては、個人的な理由もあったようだし、また内地にいても先が見えてるという考えもあったのだろう。朝鮮では、いろんな土地を回った。これは何度も書いたことがあるが、日本人は巡査と私たち家族だけという、寒村《かんそん》の朝鮮人小学校の校長をつとめていた時代もあった。

その村に赴任《ふにん》する日、私たち家族をのせた自動車が村に近づくと、日の丸の小旗《こばた》をもった学童や老人などが、赤松の林のなかの凸凹道《でこぼこみち》の両側に並んで、旗をふって新校長一家を迎えに集まってきていた。彼らの顔は無表情で、日の丸のふりかたもそっけないものだった。

「この辺はヌクテが出るそうだ」

と、父が言った。ヌクテというのは山犬のような動物だという。

「怖《こわ》いわ」

と、母がつぶやいた。そのことと、

「なにしろ奴らは民族意識《みんぞくいしき》が強いですからな」

と、私たちを送ってきた日本人の運転手がもらした言葉が、子どもの私の耳にこびりついて、その後もながく離れることがなかった。〈ミンゾクイシキ〉という意味を、五歳か六歳の私が理解できるわけがなかったが、それでもなにかそこに無気味《ぶきみ》な、見てはならない世界の裂け目がのぞけるような感じがした。

父はその朝鮮人だけの学校、いわゆる普通学校と呼ばれる小学校の校長としてその村へやってきたのだ。彼は自分の若さをカバーし、威厳《いげん》をくわえるためにチョビひげを立てた。

夜になると、父は玄関の三畳間で、肩から毛布をかぶり、ランプの灯《ひ》のしたで勉強していた。なにかがひび割れるような音のする冬の夜も、チャング（杖鼓《じょうこ》）の音が流れてくる夏の夜も、いつも夜明けまで机にかじりついてすごしていた。母の話だと、彼は検定試験とかを受ける勉強をしていたらしい。

深夜、どこかで動物の声が尾をひいてきこえることがあった。犬の遠《とお》ぼえとはちがう、鋭《するど》く、哀調《あいちょう》をおびた声だった。

「ヌクテが鳴いてるわ」

と、母がおびえた声で言った。

「いまに検定試験に通って、日本人の大勢《おおぜい》いる町へ行けるのよ」

母はいつも口ぐせのように私にそう言っていた。かつて万歳事件《マンセイじけん》という事件があった折に、この村でもたくさんの朝鮮人が軍隊に射殺されたという話を巡査にきいてからは、母は風の強い晩など私を抱きしめて、ほとんど眠ろうとしなかった。

私の遊び相手は、近所の朝鮮人の子どもたちだった。私たちは池で小魚を釣ったり、老人の講釈師《こうしゃくし》のあとをついてまわったり、赤松の林でお医者さんごっこをしたりして遊んだ。だが彼ら朝鮮人の子どもたちは、私の財産である講談社の絵本や、漫画本を読みつくしてしまうと、とたんに遊んでくれなくなるのだ。私は子ども心にそれをさとると、蔵書をできるだけ間をおいて少しずつ見せるように苦心した。

やがて父のところへ祝賀の電報が束《たば》になってとどいた。彼は検定試験とやらに合格したらしかった。

私たちは、その村を去り、今度は少し日本人のいる町へ移った。それからまた電報がきて、私たちは別のやや大きな街《まち》へ移っていった。私が小学校へ入学するとき、父はいまのソウルの南大門《なんだいもん》小学校に奉職《ほうしょく》した。ソウルは大都会で、私は日本人の子どもたちと遊ぶようになった。

戦争が激しくなるころ、私たちは北の平安南道にいた。父は平壌《ピョンヤン》で、師範学校の教員になっていた。父のそのころの目標は、視学《しがく》になることだったらしい。彼はいつごろからか皇道《こうどう》哲学とやらいうものに熱中し、平田篤胤《ひらたあつたね》や賀茂真淵《かものまぶち》などに読みふけっていた。父の机の上の書きかけの和とじの原稿に、筆で〈禊《みそぎ》の弁証法《べんしょうほう》〉という題が、さもおもおもしく書かれてあったのを私はおぼえている。彼は私を六時ごろから叩《たた》き起こしては、『古事記《こじき》』を音読させ、雪のなかで剣道の切り返しをやらせた。夜には専門家を呼んできて、私に詩吟《しぎん》と朗詠《ろうえい》を習うことを強制《きょうせい》した。この時期の父を、私は好きではなかった。彼は私が本を読みすぎると、いつも叱《しか》ったものだった。私が海洋少年団の元山《ウォンサン》の合宿で、手旗《てばた》信号の成績が一番だったと知らせたときには、あとで小遣《こづか》いをくれた。私に幼年学校を受験するようにすすめたのも、父だった。母とはそのことで、口争いがたえなかった。

敗戦がきまると、父は虚脱《きょだつ》状態におちいってしまい、なんの頼りにもならなかった。ソ連軍が官舎《かんしゃ》に乗りこんできたときもそうだった。彼はマンドリン銃や拳銃をかまえた囚人刈りの野戦兵たちの前で、両手をあげたまま、ほとんど身動きもしなかった。母が悲鳴をあげるのをきいても、そうだった。

その家を追われて、雨のなかをリヤカーで母を運んだ。日本人たちが集まっている旅館へ移って、しばらくして母は死んだ。

父は大声で泣きつづけ、私が「うるさい！」と父をどなりつけると、周囲の人は私を、不良少年だと言った。

それから博多《はかた》へたどりつくまでの二年間、私はほとんど父にかわって家長の役割をはたしてすごした。父は私が煙草《たばこ》をすい、マッカリを飲んで酔っぱらっても、不良の私を叱ることができなかった。

引き揚げ後、父はヤミ屋をやったり、県境の山中で密造酒をつくったり、いろんな怪しげなことをやったのち、高校の教師にもどった。だがそのころはもう、結核が進行し、アル中気味のために、何度も療養所と自宅を往復するようになっていた。授業中、教壇の陰でポケットウイスキーを飲んでPTAから非難されたり、療養所をぬけだしては競輪場に通《かよ》ったり、いろんなことがあった。

私が早稲田へ行くと決めたときは、弟に自転車を押させて、血を吐きながら私の入学金を工面《くめん》して回ってくれた。私が上京すると、夏に帰省するときは必ず角帽《かくぼう》をかぶってくるように、と手紙に書いてきた。私は角帽を買う金がなかったので、友人に借りて帰った。昭和二十七年（一九五二年）の夏で、血のメーデー事件のあと、仲間の学生たちが山村工作《さんそんこうさく》というやつをはじめた時期だった。

やがて、父が借家の二階で死んだという知らせがきた。私が大学を追われたころで、どうにも旅費の工面がつかず、帰れなかった。リヤカーにのせて夜中に運んだ棺《ひつぎ》の隅《すみ》から血がしたたっていた、と、あとになって弟からきいた。

地獄はどこにあるのか

むかしの人の言葉には、思わず胸を打たれる表現が多い。

「忘れねばこそ思い出さず候《そうろう》」

などというのも、そんな言葉のひとつである。

思い出す、などというのは、ふだん忘れているからである。自分の思いは、そんな浅いものではない、と言っているのだ。いつも四六時中、昼も夜も、ずっとあなたのことばかり考えつづけている、だから、ふと思い出すなんて、そんな気楽な恋じゃありませんよ、と、言いきるのである。

言われてみれば、これまでの自分も、ずっとそうだったんだな、と納得《なっとく》がいく。

私はこの五十七年間、いつも母親のことを忘れよう、忘れよう、とつとめてきた。

彼女の死の前後の記憶が、じつに不鮮明であいまいなのもそのせいだろう。記録を消去《イレーズ》するように、いろんなふうに心のキーを操作して消しさろうと努力してきたのである。

なんとなく思い出すときがある、というのは、考えようによっては気楽なことである。それはふだん忘れているときのほうが多いということだからだ。また、しょっちゅう思い出しては心が痛むというのでも、まだいい。ときには忘れていられる幸せな時間があるではないか。

私はこの五十七年間、一日も母のことを忘れることがなかった。どんなに楽しく、どんなに興奮した瞬間でも、耳の奥にその声がきこえていた。

母は、私と父に、

「いいのよ」

とは、言ってくれなかった。だまって無言《むごん》のまま死んでいった。だから私は、ときには無言で父を責め、父は無言で私から目をそらした。

そして彼はやがて結核になり、無茶苦茶な酒とギャンブルでそれを加速させ、私が大学生のときに血を吐いて死んだ。

それは、彼がみずから選んだ人間としての責任のとりかただったのかもしれない。父が死んだことで、私の負い目は二重になった。あのとき、あの場に一緒にいた私に、父を責める権利など、そもそもなかったのだ。ながいあいだ無言で父を責めていたのは、卑怯《ひきょう》なことだったと思う。

父は前半生、教育者として生きた人生を、母の死以後、みずから踏《ふ》みにじることで罪を償《つぐな》ったのだと思われる。残された私は、一人で母の記憶を引きずって生きるしかなかった。

私の書くものを、暗い、という人がいる。それはしかたがない。

戦争も、敗戦も、記録としては単なる歴史のひとコマである。しかし、現場にいた人間たちは、命を失ったり、生涯《しょうがい》、消えない記憶を刻印《こくいん》されたりする。それは運命としかいいようのないものだ。もし戦後に生まれていれば、とか、もし両親が植民地に出ていかなかったなら、とか、もし、ソ連軍の進駐《しんちゅう》前に脱出していれば、などと、私もずいぶんあれこれ考えたことがある。

しかし、それが人間の運命というものなのかもしれない、といまは思う。私はそれを背負って生きていくしかない。

父もまた、恋女房であった妻を不幸な失いかたをする運命のもとに生き、そして死んだのである。

敗戦後の記憶は、母のことだけではない。難民として冬をすごす日々のあいだには、いろんなことがあった。これまで勇気をふるいおこして書いたものもあり、書けなかったこともある。

最初の冬、延吉熱《えんきつねつ》といわれる伝染病が流行《はや》った。北の延吉地区から南下してきた日本人難民グループによってもちこまれた病気だといわれていた。それは事実ではないと私は思う。あれは発疹《はっしん》チフスだったのではあるまいか。

突然、高熱を出し、痛みを訴《うった》えて震えがつづくと、やがて薄紅《うすべに》色のきれいな発疹が顔や体に出てくる。やがてうわごとを言いながら死ぬ。シラミがそれを運ぶといわれていた。

私たちは一時期、体を曲げても横になれないような倉庫のなかで暮らしていたことがある。隣の子供に薄紅色の発疹が出てくると、有無《うむ》を言わせず隔離部屋《かくりべや》へ運んだ。零下二十度の部屋で、運ばれた子供たちは何日ももたなかった。この伝染病は、戦争チフスとも呼ばれることをあとで知った。

そんななかで、子供のことをさまざまに考える母親たちがいた。このままでは共倒《ともだお》れになるしかない、という状況である。引き揚げの見通しもたたず、栄養失調と、酷《こっ》寒《かん》と、伝染病のなかで親子が生き抜くことはむずかしい。

せめてこの子の命だけでも、と考える母親がいたとしても、それは当然だ。生きていればこそ、希望もチャンスもあるではないか。

そして母親のなかには、幼い子供を手放す道を選ぶ者も出てきた。朝鮮人や、中国人に子供を托《たく》するのである。こうして托された子供たちの数は、どれほどのものだろう。

敗戦後半年ほどがすぎて、十三歳になっていた私は、そんな母親の一人にこっそり頼まれて、赤ん坊を引きとってくれる相手を探《さが》したことがあった。

物々交換で顔見知りになった朝鮮人のおばさんに、その話をもちかけたのである。

「オルマヨ？」

と、そのおばさんは率直《そっちょく》な口調できいた。その言葉の意味ぐらいは私にもわかった。ハウマッチ？　ときいていたのだ。

私がそのことを母親に伝えると、「ちゃんと育ててくれるなら、お金はいりません」と、彼女は首をふった。しかしそのあとで、「でも、ほかの子供のために、なにか食べものでも少しもらえるのなら——」と、口ごもりながら言った。

私はその赤ん坊が病気でないことを相手に保証し、話はまとまった。食料のほかに、なにがしかの軍票《ぐんぴょう》も手にいれた。母親は、お礼に、と言って軍票の何枚かを私に渡した。私は迷ったが、それを受け取った。私もまた、長男として、弟や妹を養わなければならなかったからである。こうして私は人の子を売ることを手伝った人間の一人となった。

これは特別な話ではない。あちこちでそういうことが日常的にあった。こうしていま、何百人か、何千人か、数さえも知られずにあの地に生きている同朋《どうぼう》が大勢《おおぜい》いることを、私は忘れることができない。たぶん五十代の終わりから、六十歳になったかならないぐらいの人びとである。私はその人たちに責任がある人間の一人だ。

親鸞《しんらん》の言葉に触《ふ》れるようになってしばらくして、

「地獄は一定《いちじょう》」

と、いう言葉に出会った。有名な『歎異抄《たんにしょう》』のなかに出てくる親鸞の発言である。

「地獄」は、一般にいう地獄・極楽《ごくらく》の地獄である。

「一定《いちじょう》」というのは、たしかなこと、という意味だろう。確実なこと、間違《まちが》いなく決まっていること、と一般には解釈されている。

『歎異抄《たんにしょう》』のなかでは、「いずれの行《ぎょう》もおよびがたき身なれば」という言葉のあとに、「とても地獄は一定すみかぞかし」とつづく。「すみか」は、住処《すみか》、または栖《すみか》。住む場所、住む家、のことだろう。

このくだりはふつう、

「なにをしたところで、とうてい救われようのない自分であるからして、地獄におちることは間違いないと覚悟している」

と、いう感じで説明されている。しかし、私は、この「一定《いちじょう》」という表現にはじめて接したとき、もっと切迫《せっぱく》した、もっと腹の底からしぼりだすような肉声を感じて、一瞬、息がとまりそうになった。

「一定《いちじょう》」

とは、将来のことではない。死んだのちのことでもない。それは、

「いま」「この現在」

と、いうことではないのか。親鸞が感じているのは、明日《あす》の我が身の地獄行きなどではないだろう。

「いま」「ここに」地獄はあるのだ。自分はいまその地獄のまっただなかに生きている。将来に約束された地獄ではなく、自分がいま生きているこの毎日が地獄なのだ。だからこそ、「念仏《ねんぶつ》すれば極楽浄土《ごくらくじょうど》に行ける」という師、法然《ほうねん》の言葉にすがるしかない。それが嘘《うそ》か本当か、そんなことは知らない。自分はただ、

「念仏すれば浄土へ行ける」

という、師、法然の言葉を信じて念仏するまでだ。もし欺《だま》されて地獄へおちるとしても、それがどうしたというのだ。この自分はすでにいま、ここ地獄のまっただなか

にいる身ではないか。『歎異抄』はいう。

「たとい、法然上人《しょうにん》にすかされまいらせて、念仏して地獄におちたりとも、さらに後悔すべからずそうろう」

地獄も、極楽浄土も、死んだのちのあの世のことではあるまい。私にとっては、「いまここにある地獄」のほうが問題だった。

そんななかで、最近、ふと遠くからきこえてくる声がある。深夜、眠れぬままに目《め》覚《ざ》めていて、どこかからかすかにきこえてくるその声に耳をすませる。はっきりしない声だが、それはたしかにきこえてきた。

「いいのよ」

と、その声はきこえた。

「もう、いいのよ」

それは母が無言のまま語りかけてくる声のように私には感じられる。私が母を見捨《みす》てたわけではない。父が母を愛していなかったのではない。子供を売った母親が悪いわけではない。十代のソ連兵士が非道だったわけでもない。それはみな、人間の運命であって、そのことだけにこだわりつづけなくてもいい、と、ほおえみながら静かに語りかけてくる声のようでもあった。

「いいのよ」

と、母は言う。私に、そして父に言う。また生きるために子供を手放した母親たちみんなに言う。

「いいのよ」

自分の胸を軍靴で踏《ふ》みつけた十代のロシア人兵士にさえも、母は言う。

「いいのよ」

と。

この世に生きているものすべてに、そして運命の流れに翻弄《ほんろう》され、浮きつ沈みつしながら消えていく無数の命に向かって、母がそう言っている声を私はたしかにきいたような気がした。

それは地獄の闇《やみ》にさしてくるかすかな光のように感じられる。私たちは地獄をぬけて浄土へ移るのではない。「地獄は一定《いちじょう》」である。しかし、光のさす地獄は、すでに真の地獄とはちがう。私が夢見るのは、光にみちた輝かしい浄土ではない。地獄のなかにあって、かすかに光をはなつ浄土こそが本当の浄土のように思われるのだ。

私にとって、いまも「地獄は一定《いちじょう》」である。そのことに変わりはない。しかし、いま長いあいだ語れなかったことを語ることができたのは、母の「いいのよ」という声がきこえたからである。

私はいま、自分の胸のなかで小さくつぶやく。

「地獄は一定《いちじょう》」、そして、「浄土も一定《いちじょう》」と。

私の戦後は、こうして過ぎていこうとしている。それを運命という言葉に托するならば、私はいま、自分の運命をあるがままに大事に両手でだきとめたい、とようやく思いはじめているのだ。

運命の足音がきこえる

深夜に近づいてくる音

深夜、ふと目ざめて、耳をすませることがある。どこからか不思議《ふしぎ》な物音がきこえてくるような気がするのだ。

コツ、コツという、人の足音のような音。枕もとの時計の音かとも思うが、そうではない。明かりを消した暗い部屋のベッドのなかで、ふたたび耳をすます。

コツ、コツという奇妙《きみよう》な物音は、次第《しだい》に近づいてきて、やがてゆっくり遠ざかっていく。

誰《だれ》かが道路を歩いているのだろうか。しかし、マンションの五階の部屋で、あんなにはっきりと人の足音がきこえるわけがない。自分の心臓の鼓動《こどう》と同調するように響《ひび》いてきた正体不明の物音。

あれは一体《いったい》、なんだったのだろう。

私は若いころから、夜半、しばしばそんな音をきくことがあった。深夜、どこからともなく近づいてきて、やがて遠ざかっていく人の足音のような音である。

その音を私は、いつからか「運命の足音」と呼ぶようになった。とくに深い意味があるわけではない。ただ、なんとなくそんなイメージが心に浮かんできたのだ。

その足音をきいたあとに、必ずなにかドラマチックな体験があったりするわけではない。また、「運命」と呼ぶにふさわしい事件に出会うわけでもない。なんの変化もない日々のあいだに、ふとそんな夜が訪《おとず》れてくるだけの話である。

しかし、私はその正体不明の物音を、なぜか「運命の足音」のようにずっと感じてきた。

その足音は近づいてきて、また去っていく。それが通過するさいに、ふとなにかを語りかけられているような気がする。人間の言葉ではない、理解できない暗号のような言葉で。

無言で投げかけられるその言葉は、ときに回答不能な謎《なぞ》めいた問いであったり、また、予告のような声であったりする。ときには笑い声がきこえるような気もした。

もちろん、これはすべて私の気のせいである。幻聴《げんちょう》というほど大げさなものではないが、自分だけにきこえる一種の錯覚《さっかく》だろう。しかし、人にきこえない音が、犬にきこえることもあるらしいし、イルカだけがききとることのできる音もあるというではないか。そう考えて私はその音を受けいれてきた。

人間とひとことで言っても、それぞれにちがう存在だ。人間は人間だが、個人は世界でただ一人の私である。私にしかきこえない音があったとしても、それは少しも不自然なことではないだろう。

幸田露伴の運命論

「運命」という言葉には、どこか重苦しい響きがある。少なくとも気持ちが晴ればれとするようなイメージは、そこにはない。

逃げようとしても逃げることのできないもの。

見えない大きな力によって押しつけられるもの。

人間の悲しみや、悩みや、嘆《なげ》きなどを無視して、戦車のように人びとを圧《お》しつぶしていくもの。

どんなにあがいても、逆らっても、どうしようもないもの。

そんなイメージが「運命」という言葉にはつきまとう。

「いかなる運命のいたずらか——」

と、いうような表現を、昔はよくきいた。もてあそばれるとか、翻弄《ほんろう》されるとか、そんな言いかたにも「運命」がくっついていた。

「運命的な」

といえば、すぐに「悲劇」という言葉が頭に浮かぶ。「運命的な喜劇」とは、あまり言わない。どちらかといえば、「運命」という言葉にはマイナスのイメージが大きいように思われる。

幸田露伴《こうだろはん》といえば『五重塔《ごじゅうのとう》』をはじめ数多くの小説、史伝《しでん》を書いた大作家である。

私には明治の人という印象《いんしょう》があったが、亡くなったのは昭和二十二年（一九四七年）

だそうだから戦後である。

『運命』という作品もあるこの作家は、大正十四年（一九二五年）に雑誌に寄稿《きこう》した文章で、こんなことを言っている。簡単にまとめると、こういうことだ。

〈人には生まれつきの運命というものがある。それを否定するわけにはいかない。しかし、人生のすべてがその運命に支配されると見るのもあやまりだ。最初からきまっているものを先天的運命と呼ぶならば、人の心がけや努力、その行いから生じてくる人生の姿は、後天的運命といってよい。自分のあたえられた運命を、修養《しゅうよう》努力して切り開いて、良き方向へ進むことこそ真の人間の立派な生きかたであろう。したがって運命について論じたり、考えたりするよりも、何かをすることのほうが大事である。ましてや自己の運命を察知《さっち》しようなどということは、無意味なことだからやめたほうがよい〉

ここでは露伴は、さまざまな例を引いて運命について語っているのだが、結論はいささか肩すかしをくらったような気がしないでもない。要するに、人にはあたえられた運命というものがある、しかし、その運命を変えていくことが人間らしい生きかただ、と、こういうわけだ。

そのとおりです、と、しか言いようがない。『運命は切り開くもの』という題名にも文句をつける気はない。おおむね古今東西の運命論の結論は、こういうところに落ち着くのだろうと思う。

最後に露伴がかたくいましめているのは、占いや、人相学などに頼《たよ》ることである。しかし、この文章が書かれた大正十四年と平成のいまとを比べて、現代人は、占いやそのほかの手段に対してどれほど進歩したのだろうか。

人びとの心をとらえる超能力

女性誌、婦人誌、その他の雑誌で占いの記事をのせていないのは、ごくわずかである。開運を売りものにする神社仏閣《じんじゃぶっかく》もあれば、予言をテーマにした出版物も書店にあふれている。

日本の仏教のなかでも、もっとも強く迷信を排除するのは、浄土真宗《じょうどしんしゅう》である。一般には真宗ともいうし、本願寺《ほんがんじ》さん、などと呼ぶ人もいる。

この真宗の信仰《しんこう》の確立者は、よく知られている親鸞《しんらん》である。各派あわせて一千万人以上といわれる門信徒《もんしんと》の人びとは、親鸞聖人《しょうにん》、親鸞さま、と敬意をこめて呼ぶ。

真宗中興《ちゅうこう》の祖《そ》といわれる蓮如《れんにょ》の場合は、聖人ではなく、上人である。蓮如さん、と親しみをこめて呼ばれることも多い。これが親鸞の場合だと、親鸞さん、とはあまり言わないようだ。

この親鸞、蓮如の真宗は、それまでの宗門《しゅうもん》に比べて、合理的、近代的、大衆的であることがひとつの特徴だと思う。

明治以降、親鸞が信仰の対象《たいしょう》としてだけでなく、思想家として広く知識人のあいだに読まれたのは、そこに近代の感覚が脈うっていたからではあるまいか。

知識人というのは、合理性を重んじる人びとである。怪力乱神《かいりきらんしん》を論ぜず、鬼道《きどう》に迷わされることがない、というのがたてまえだ。

怪力乱神とは、あやしげな呪術《じゅじゅつ》、人をまどわす超能力や魔法のようなものだろう。鬼道とはいわゆるシャーマニズムのことである。天と交信し、吉凶《きっきょう》を占う。また病気やつきものをはらうこともする。地方ではいまでもこういう「拝《おが》み屋」さんが健在である。なにかあるたびにそこを訪《おとず》れる人も多い。

そのような人びとは、世界のどの国にも数多くいた。日本列島にも、鬼道《きどう》につうじたといわれる卑弥呼《ひみこ》にはじまって、さまざまな超能力者が人びとの心をとらえてきた。中世の修験道《しゅげんどう》の山伏《やまぶし》たちもそうであるし、恐山《おそれざん》のイタコもよく知られている。

私も以前、恐山のイタコに旅館に出張してきてもらって、亡弟《ぼうてい》の魂《たましい》を呼んでもらったことがある。

九州訛《なま》りが生涯《しょうがい》とれなかった弟の霊が、青森弁でしゃべったのには驚いたが、奇妙《きみょう》な実感があって、思わず涙がこぼれそうになった。

そのときの弟の言葉は、およそこんなふうだったと記憶している。

「自分はこれまで現世《げんせ》に未練が残って成仏《じょうぶつ》できず、カラスになって恐山の上を毎日、なきながら舞っていたんだ。でも、きょう兄貴がやってきて供養《くよう》してくれたんで、気持ちがすっきりした。地上に思いを残さず、あの世へ飛んでいくから、見送ってほしい。それから、今年は兄貴に交通事故の相が出ているから心配だ。くれぐれも気をつけてくれ。さようなら」

仮《かり》にも念仏《ねんぶつ》を信じる知識人の端《はし》くれである私が、吉凶を占う易者《えきしゃ》や、故人の霊を呼ぶ巫女《みこ》になにかを頼むということはおかしなことかもしれない。信心が足《た》りぬ、と腹を立てるかたもおられるにちがいない。親鸞聖人に叱《しか》られそうである。

しかし、たとえ雑誌のルポルタージュの取材の一部としてイタコに接したとはいえ、彼女の言葉になにか自分の気持ちに響くものを感じたことは事実だった。

迷信とは、それに頼って生きかたを選んだりすることをいう。しかし、人の思いを託《たく》するものが、すべて迷信とはいいきれないのではないか。

科学に対する全面的な信頼も、私には奇妙な迷信のように思われる。

「科学的でない」「証明されない」

ということを、否定の第一原理として用いることは、はなはだしく非科学的なことではあるまいか。

モノにも命がある、モノにも精神がある、と考えることを、一般には迷信と呼ぶ。

しかし、信心ぶかい真宗人が、親鸞の肖像画《しょうぞうが》や、蓮如の書いた「南無阿弥陀仏《なむあみだぶつ》」の名《みょう》号《ごう》を、平然と足で踏《ふ》みつけにすることができるだろうか。私は人にもらった交通安全のお札《ふだ》さえ、捨てることができずに机に何枚もためこんでいる有様なのだ。

よく考えてみると、神社のお守り札は、ただの物質からなっているモノである。しかし、私たちはそれをモノとしてだけ見ることができない。そこになにかが感じられるからである。それを単なる迷信として切り捨ててしまっていいのだろうか。

それをいうなら、南無阿弥陀仏の名号も、父や母の古い写真も、ただの紙にすぎない。モノとして見れば、科学的には物質である。しかし、亡き母の遺影を私たちは街頭でもらうチラシのように気やすく扱《あつか》うことができるだろうか。私にはできない。

科学と非科学のあいだに

かつてキリスト教迫害時代に、踏《ふ》み絵、というものがあった。聖母マリア像や、キリストの十字架像などを人びとに踏ませて、それをためらう者を教徒とする判別法《はんべつほう》である。遠藤周作《えんどうしゅうさく》の『沈黙』は、そこにテーマをとった小説だった。

マリア像がただのモノであるなら、それを踏むことはなんでもないだろう。隠れキリシタンほどよく知られてはいないが、九州には隠れ念仏という人びともいた。それらの隠れ門徒に、親鸞の絵像《かいぞう》や、名号を踏ませることはあったのだろうか。

もし、私が真摯《しんし》な念仏門徒《ねんぶつもんと》であったとしたら、そんな場合にどうしただろう。隠れ念仏の人びとは、検挙されれば言語に絶する仕置《しお》きが待っていたのである。

私たちは、科学と非科学との二本立てで生きているのだ。いかに近代人を自称しようと、非科学的なものを毛ひと筋ほどももちあわせず暮らしている人はいないだろう。

社会科学という言葉があるが、社会を人間の関係として考えると、人間関係は科学ではない。愛憎《あいぞう》の感情も、ひとえに脳の働きであるといわれるが、私には科学を超《こ》えた世界のように思われる。

迷信を排す、というのは、はなはだ納得《なっとく》のいく論理である。四という数字を忌《い》むのも、単なる語呂《ごろ》合わせにすぎない。しかし、そうは思いつつも、四番と五番の座席があるとき、五番を選んでしまう自分に気づく。

深夜、どこからかきこえてくる物音に耳をすませながら、私は昼間とはちがう世界に身をおいている自分を感じるのだ。その音の行方《ゆくえ》を追いながら、見えない文字を読み、理解できない言葉を知ろうとする。そんな夜が、ずっとつづいてきた。今夜も、その音は訪れてくるのだろうか。

おのれの直感を信じて

毎日、ため息をつきながら思うことがある。それは、自分はなぜこんなに同じ失敗をくり返すのだろうか、ということだ。

失敗から学んで、人は利口《りこう》になっていくといわれる。それは本当だろうか。私はつねに同じ失敗をくり返して、ほとんど進歩することがない。

それは、いつも同じ漢字を忘れるのと似ている。もし自分の辞書に、漢字を調べるたびごとに赤いマークをつけていたら、ページはたちまち真っ赤《か》になってしまうだろう。忘れるのは、きまって同じ漢字である。一時間前に調べたのに、またわからなくなってしまう。たぶん、これから先も、ずっと死ぬまで同じ字を忘れつづけるのではあるまいか。そこには経験をかさねて身につくものが、まったくといっていいほどない。

同じように、私は日々の生活のなかで、くり返し失敗をかさね、そのつど後悔しながら生きている。

〈この次は、二度とこういう失敗はくり返さないようにしよう〉

と、心のなかで自分に言いきかせるのだが、すぐにまた同じ種類の失敗をやらかして、ため息をつくのだ。

その失敗とは、仕事であったり、個人的な問題であったり、政治や経済の見通しであったり、いろいろである。そして私にわかっているのは、その失敗の原因がつねに私自身にある、ということだ。

あたらしい仕事の話で、誰《だれ》かと会うことがある。旧知《きゅうち》の関係者もいれば、はじめて名刺を交換する初対面《しょたいめん》の人もいる。挨拶《あいさつ》をかわして話をきく。私のほうから希望や意見をのべることもある。

話の内容はさまざまだ。私のむかし書いた小説を、あらたに映像化したいというたぐいの申し出もあれば、対談を一冊にまとめて本にするという企画《きかく》もある。

雑誌に連載をやってみないかという誘いであったり、ときには文化的な事業に参加をもとめられたりもする。

地方自治体から協力を依頼《いらい》されることもあり、ボランティア運動のサポートを要請されることもある。

外国で催《もよお》される大会に出席せよという話もくるし、ときには笑いを抑《おさ》えることができないような、とんでもない申し出も舞いこんでくる。一度、トチの実からつくった栃餅《とちもち》が私の大好物だと知って、「全国野生雑穀《ざっこく》友の会」の名誉会長になれ、という話もあった。

そういうたぐいの話が、毎日のように舞いこんでくるのだが、私はできるだけ慎重《しんちょう》に、かつ誠意をもって対応してきたつもりだ。

さすがに三千枚の生《なま》原稿を送りつけられて、一週間で読後感を言え、という話などには、まともにおつきあいしかねて、即座に電話でお断りした。

人生は選択と決断の連続

いずれにせよ、そういう場合には、自分で決断してイエスかノーかを相手に返事しなければならない。これが洗練された関西人あたりだと、「ま、ひとつ考えさせてもらいます」といった婉曲《えんきょく》な言いまわしで柔らかく断ったりする芸もあるだろう。しかし、私はクマソの末裔《まつえい》を自称する九州人なので、返事は二つに一つという単純なことになる。

そんなとき、最初の十分か十五分かの雑談のあいだに、体の奥のほうから言葉にならない感覚が、遠い波の音のようにきこえてくることがある。それは、

〈この話はやめたほうがいい——〉

という囁《ささや》きであったり、点滅する赤信号のようなイメージであったりする。しかし、いつも私はその声に耳をかさずに、相手の説明に耳を傾けたり、資料を眺《なが》めたりしてしまう。ときには一緒に連れだってやってきた紹介者の話をきく。それはつまり、外

部の「情報」をとりこむことである。私たちはそれらのあたえられた情報をもとに、自分の選択をするのだ。

体の奥からかすかに語りかけてくる声は、つぎつぎに示される情報の量によって、しだいに弱められていく。そしてやがては外側から押しよせる情報の波に埋没《まいぼっ》してしまって、いつのまにかきこえなくなってしまうのだ。

私が失敗する場合は、必ずそんなふうにして決断したときである。あとで後悔して、ああ、あのとき自分の直感にしたがって拒絶しなかったのはなぜだろう、と、ため息をつきながら思う。

私たちは、日々、ことあるごとに選択《せんたく》と決断をせまられながら生きているのだ。

朝、目覚《めざ》まし時計のベルで目をさましたときもそうだ。がんばって飛び起きようか、それともベルをとめて、もう十五分だけ眠ろうか、と考える。

顔を洗って、今日《きょう》はどの服にするかを選択し、決めなくてはならない。ネクタイを選ぶのもそうだ。朝食はどうするか。電車にするか、タクシーに乗るか。

そんな小さな雑事《ざつじ》からはじまって、じつにさまざまな局面で自分の選択と決断をせまられながら暮らしているのだ。

そう考えてみると、人生は選択と決断の連続である。昼食を食べにレストランに入《はい》るときもそうだ。この店にしようか、あの店にするか、などとショーウインドウの品々を眺めながら迷う。

そのあげくに、なんとなく最初は気がすすまなかった店を選んだりする。そんなとき、必ず失敗してため息をつく。

店の構えをちらと見た一瞬、なにか頭の奥をよぎった警戒警報《けいかいけいほう》のようなものは、いったいなんだったのか。しまった、と後悔しながら、この次は必ず自分の直感にしたがって店を選ぼうと決心する。

しかし、その決心は、次の機会にまたもや忘れさられてしまう。週刊誌に派手《はで》な紹介記事が出ていただの、友人からきいた評判だの、自分の直感をまどわす情報が外部にはいくらでもあるからだ。

自分というちっぽけな存在

〈この人には近づかないほうがいい〉

と、ふと感じるときがある。しかし、そんな相手に、なぜか接近してしまうのは、怖いもの見たさなのか、それとも小説家の性癖《せいへき》なのか。

〈この薬は飲まないほうがいい〉

と、ふと思う瞬間が患者さんにはあるらしい。そんなとき、山のように渡された薬袋を、断乎《だんこ》、捨てさることができるだろうか。なにしろ権威《けんい》ある医師の先生に指示されたことなのだ。噂《うわさ》では国立大学を優秀な成績で卒業した優秀な医師らしい。

そういう場面で、自分の理由のない直感にこだわるのは、非常識のような気がする。そしておそるおそるたくさんの薬を、不安を感じながら飲む。

直感には理由がない。それを信じるに足《た》る科学的根拠《こんきょ》もない。直感が正しいことを説明する統計も、レポートもない。そんな頼りない直感に自分の大切な命や健康をあずけていいものだろうか。

しかし、乱暴な言いかただが、これまで科学や医学などが解明した宇宙万物《うちゅうばんぶつ》の謎《なぞ》は、たぶん実在する世界の百万分の一ぐらいのものでしかないはずだ。人間に関するほとんどすべてのことが証明され、すでにわかっていると考えるのは、それこそ迷信というものではあるまいか。

私には人間はちっぽけなもの、という実感がある。人間は愚《おろ》かで、どうしようもない欲張りであるとも思う。中世から近代、そして現代と社会が変化するにつれて、科学的、軍事的につくりだされる死者の数は飛躍的にふえてきた。文明の進歩は、同時に人命をうばう技術の進歩でもあったのだ。

傲慢《ごうまん》になりすぎている人間

私たち現代人は、はなはだしく傲慢《ごうまん》になっている、と、つくづく思う。「思いあがり」というのが、二十世紀の人間の最大の病気ではなかったのか。それは二十一世紀をむかえても、いっこうに変わらないように感じられる。私たちはいつからこんなふうに、すべてに対して傲慢になってしまったのだろう。

自然に対して傲慢である。森や、木や、水や、川や、海や、すべての地上の存在《そんざい》に対して、支配者のつもりでいる。その自然のなかにともに生きる他の生物、植物、鉱物たちに対してもそうだ。

私は狂牛病（ＢＳＥ）の騒ぎのなかで、ふと二十年ほど前に見た光景を思い出した。それは友人に案内されて、ある牧場を訪《おとず》れたときの記憶である。

その牧場は、美しい自然のなかに広大な敷地を所有してつくられていた。管理はゆきとどき、公園のように整然として、清潔だった。赤い屋根や木造の倉庫などがポプラ並木のなかに点在し、牧歌的《ぼっかてき》な風景である。戦前からの長い歴史をもつその牧場は、ある詩人の作品のなかにもうたわれていた。その地方の観光の目玉となっていたのも当然だろう。

私と、友人と、彼の娘さんの三人は、初夏の日ざしのなか、和《なご》やかな気分で牧場のあちこちを見学してまわった。

牛たちがつながれている建物の内部に足を踏《ふ》みいれたとき、私は急に奇妙《きみよう》な違和感《いわかん》をおぼえた。一列に並んでつながれている牛たちの鼻のところに、電線が張られていたからである。その電線に牛の鼻先が触《ふ》れると、牛はピクッと反応して後ずさりする。たぶん弱い電流が通されているのだろう。それによって牛たちは一定の位置をたもって立ちつづける。見るからに整然と並んでいる牛たちの姿に、私は胸が痛むのを感じた。

友人の中学生の娘さんも、こわばった表情をしていた。やがて、牛たちが広場に引きだされ、日課の運動をはじめると、彼女の目にうっすらと涙がうかんだ。

広場の中央に木の柱《はしら》が立っている。その柱からちょうど傘《かさ》の骨のように放射状に横木が出ている。その横木の先の鎖《くさり》に鼻先をつながれた牛たちは、おとなしくじっとしている。モーターのスイッチが入《はい》ると、円木が回りだす。

鼻先を横木の鎖につながれた牛たちは、回転する円木に引かれて動きはじめる。

「こうして適度な運動をきまった時間にさせることが大事なんです」

と、案内をしてくれた温厚《おんこう》な中年の男性が説明してくれた。牛たちは一日に何回か、その広場に引きだされ、鼻先を横木の鎖につながれたまま、ぐるぐると円を描《えが》いて適度な「運動」をあたえられるのだそうだ。

私は輪になって歩きつづける牛たちを見ながら、なんとなくいやな気がしていた。文章の世界では、昔から「馬を引く」といい、「牛を追う」と書く。馬は「引く」ものので、牛は「追う」ものだと教えられてきた。だが、目の前の牛たちは、回転する横木に鎖でつながれて、ぐるぐると際限なく円を描いて引きまわされているのだ。

その後、私たちは種《たね》つけに使う雄牛《おうし》の精液を採取する現場を見た。まず先に、若い雌牛《めうし》を見せて、壮健《そうけん》な雄牛を興奮《こうふん》させる。そうしておいてから木製の器具にまたがらせ、専用の器具をペニスにあてがって射精させるらしい。

牛に心はないのだろうか。科学者は、ない、と言うだろう。証明されないものは、あるとは言えないからだ。だが私は、牛の大きな目のなかに、なにか言うに言えない悲しみの感情を見たように感じた。その日のことは、ながく私の記憶に異物《いぶつ》のようにつき刺さったまま残った。

しばらくして友人から届いた葉書には、

「中学生の娘は、あの日から牛肉を食べなくなりました」

と、書かれてあった。

動物に心はあるか？

私は、あると思う。少なくとも、ある種の感情をもっているにちがいないと思う。

植物に感情はあるのか？

私は、あると感じる。それは証明できないが、私はそれを感覚的に肯定《こうてい》する。

では、石に感情はあるのか？

私はあると思う。石にも、水にも、風にも心があると感じるのだ。

狂牛病のニュースをきいて、最初に頭にうかんだのは、あの円木につながれた牛たちの目の色だった。モーターのついた運動装置に引きずられて、黙々と歩きつづける彼らの表情だった。

人間は傲慢になりすぎている、と、あらためて思わずにはいられない。

人が「天寿《てんじゅ》」を感じるとき

ナンシー関《せき》さんが三十九歳で亡くなられた。一面識《いちめんしき》もなかったかただが、やはりショックである。

今年になって、何人も大事な人を見送った。小説家の古山高麗雄《ふるやまこまお》さん、そして道教《どうきょう》の世界的権威《けんい》でいらした福永光司《ふくながみつじ》さん。

そのほか多くの知人、友人、先輩がたの訃報《ふほう》に接した。なにか今年は、とくに親しい人たちが先に逝《い》った年のような気がする。月並みな話だが、こういう時期には蓮如《れんにょ》の『白骨の御文《おふみ》』の一節が、自然と頭に浮かぶ。

〈一生すぎやすし、いまにいたりて、たれか百年の形体《けいたい》をたもつべきや。我《われ》やさき、人やさき、けふ(きょう)ともしらず、あすともしらず、をくれ(お)さきだつ人は――〉

われやさき、人やさき――と、つぶやいてみると、ふだんはありきたりの美文《びぶん》のように感じられる蓮如の文章が、ぬっと起《た》ちあがってきて耳もとで反響《はんきょう》するような感覚があるのだ。

こうしてみると、人の死というものは、残って生きている者に、じつにいろんな大事なことを語ってくれるものだと思わずにはいられない。

身近《みぢか》な人の死に接して、みなはどんなことを感じるのだろうか。たとえば病気で亡くなった友人を見て、これからは自分も健康に気をつけよう、などと考えるものなのだろうか。交通事故で命を失った人のニュースを読んで、タクシーや飛行機を利用するときも注意して選んで乗ろう、などと思ったりするだろうか。

私はこれまでに親しい人の死に何度となく接してきたが、そんなことは一度も考えなかった。いつも思うのは、人にはその人の「天寿《てんじゅ》」というものがあるのかもしれない、ということである。

「天寿」という言葉を『広辞苑《こうじえん》』で引いてみると、

〈天から授けられた寿命。天年。定命（じょうみょう）〉

と出ている。一般には「天寿をまっとうする」という言いかたをする。それでは「天」とはいったいなんだろう。かさねて辞書を引いてみると、いろんな意味が出てくる。そのうちで関係のありそうなものを拾ってみると、

〈④天地万物の主宰者。造物主。帝。神。また、大自然の力。⑤自然に定まった運命的なもの。うまれつき。⑦天上に住むもの。神々〉

などと、およそ私たちにも推測《すいそく》のつく内容である。いまふうにいえば「宇宙万物《うちゅうばんぶつ》を動かすエネルギー」ということにでもなろうか。

自分の生《せい》はいつ終わるのか

野生の動物のなかには、自分の死を予感できるものがいるようだ。死を予知すると、群を離《はな》れて姿を消す動物の話を、子どものころに読んだ記憶がある。そのとき妙《みょう》に深

い感慨を子ども心におぼえたものだった。

ひょっとして人間にも、そのような能力は本来そなわっているのではないか、と考えることがある。

もしも「天寿」といったものがあるとすれば、それを知りたいと思わぬ者はいないだろう。健康に気をつけて、できるだけ無事息災《ぶじそくさい》に生きることは大事なことだ。しかし、酒を飲まず、煙草《たばこ》もすわず、規則正しい生活をし、適度な運動と栄養面での配慮を十分しながら、あっけなく世を去る人も少なくない。

私は人にはたしかに「天寿」というものがあるのではないかと思っている。もちろんなんの根拠《こんきょ》もないただの直感にすぎない。しかし、どんなにくわしい情報よりも、私は自分の直感、体の奥からきこえてくる声を信じたいと考えてきた。

交通事故とか度をこえた不摂生《ふせっせい》とか、そういうものは考えにいれないことにしよう。ふつうに生きて、人は「天寿」をまっとうすることが大切だと感じるのである。

その「天寿」を知ることができたなら！　というのが、私のひそかな願いだった。

あと三十年生きると知らされることと、あと三年しか生きないと知ることとのあいだには、生きかたに天と地ほどのへだたりが出てくるはずだ。

もし、あと三カ月の命、と宣告されたとき、私たちはどうするのだろうか。あわてて押入れのなかを整理する人もいるだろう。貯金をはたいて外国旅行へ出る人もいるだろう。大急ぎで宗教書を読みあさる人も、いるかもしれない。いずれにせよ、あと三十年か、三年か、三カ月かで人の対応は変わる。

もしあと三十年生きる、とわかったら、私はギターを習いたいと思う。外国語の勉強もはじめたい。体系的に本を読んでみようとするかもしれない。本気でスポーツや書道などもやってみたいと思う。

しかし、三年となれば話はちがってくる。まして、三カ月の余命と知れば、ガラリと生きかたが変わるだろう。

実際には、人の命などというものは、じつにわからないものなのだ。今日《きょう》とも知れず、明日《あす》とも知れぬ私たちの命なのである。

自分の生《せい》がいつ終わるのか。天寿というものが定められているとすれば、自分の天寿は何歳なのか。はっきりいってしまえば、自分がいつ死ぬか、ということを知ることができれば、今日から生きかたが変わるかもしれない。

人によっては、いや、変わらない、と断乎《だんこ》として首をふる人もいるだろう。死が明日に近づいているとしても、これまでの自分の生きかたをあわてて変えたりはしない、という自信家である。それはそれで立派なことだと私は思う。本当は人はみなそうあるべきなのかもしれない。

しかし、残念ながら私はそれほど自分の現在の生きかたに確信がもてないのだ。もしも三カ月後に死がせまっていると、はっきりわかったなら、私はおそらく大あわてで方向転換をはかるにちがいないと思う。

人はなかなか「有限《ゆうげん》の人生」という実感がもてないものなのだ。頭ではわかっていても、実際には納得《なっとく》していない。

もうかなり昔のことになるが、批評家の小林秀雄《こばやしひでお》さんとご一緒に講演をしたことがあった。

本当なら私が前座《ぜんざ》をつとめるべきなのだが、そのときは小林さんご自身の申し出で、先に小林さんがお話しになったのである。私は舞台の袖《そで》で小林さんの話をきかせてもらっていた。歯切れのいい口調で、とても味のあるしゃべりかただった。

話しっぷりが軽妙《けいみよう》なので、聴衆は大笑いしながらきいている。

「人間というものは、オギャアと生まれたときから一歩一歩、死へ向かって歩いていく旅人みたいなものです」

などと言われても聴衆《ちようしゆう》は笑う。話の内容が重いのに、きいているほうには実感がないのである。私も笑いながらきいていたのだが、あとでその言葉が妙《みよう》に頭に残って消えなかった。

人は必ず死ぬ。自分もやがて死んでこの世からいなくなる。それがわかっているのに、なぜか誰《だれ》もがそのことに気づかぬような顔で生きている。

実感がないのは、自分に残された時間がはっきりしないからだろう。もちろんながくて百年、ということはわかっている。しかし、それは漠然《ばくぜん》とした寿命《じゆみよう》のイメージであって、必ずしも各人その人の残り時間のことではない。

もし、自分に残された時間が、はっきりとわかったなら、と、切実《せつじつ》に思うのは私だけだろうか。

しかし、人間はおのれの残りの時間を知ることが、はたしてできるのだろうか。いや、知るというより、感じることが可能なのだろうか。

証明されないものを信ずる心

私の実弟《じってい》は四十代のはじめに世を去った。突然の死だったが、あとから考えると、なにかおのれの残り時間がながくないことを感じとっていたかのように思われるふしがある。

闘病生活を送っている人で、死が近づいてくるのを予感するかのような態度を見せる患者さんがいるという。

ふだんは温厚《おんこう》で、決して声を荒らげたことのないような人が、家族も驚くような粗暴な態度をあらわしたりすることがあるのだそうだ。

以前、「文藝春秋」誌で、一般の読者から身近《みぢか》な人びとの感動的な死についての体験談をつのったことがあった。寄せられた数多くの実例のなかには、自分の死を予知して家族に伝え、落ち着いて世を去っていった人びとの話がいくつもあった。その多くが念仏門《ねんぶつもん》の人たちであったことが不思議《ふしぎ》である。

「お迎えがきたぞ。泣くな」

と、家族に言い、念仏をとなえながら亡くなっていく老人の姿に、なんともいえない感動をおぼえたものだった。

一匹で群を離《はな》れて死地を探《さが》す野生の老いた動物のように、自分の死を確実に予感することができないものなのだろうか。そして、もし「天寿」というものがあるとすれば、自分の「天寿」を知ることができないものだろうか。

私には、そんな考えが、ばかげた話のようには思われないのである。きっと人間は、それを察知する能力をあたえられており、その能力が文明化の過程《かてい》で次第《しだい》に弱められてきたのではないだろうか。

こんなことを言ったところで、なんの科学的な根拠もないことだ。しかし、科学的、合理的な証明のないものは、信用できないという態度こそ、むしろばかげているように私には思われる。そして一応の科学的、医学的説明があれば、なんでも信じてしまうことこそ、迷信と呼ぶにふさわしいと思う。

宗教は文明の根幹《こんかん》をなす大きな世界である。しかし、宗教の宗教たるゆえんは、証明されないものを信ずるという一点にある。

私は自分の証明されざる直感のなかで、人間はおのれの「天寿」を知り、死を予感する能力をもっていると感じるのだ。

「自分」はなぜ尊いか

人は必ずしも不《ふ》摂生《せっせい》で死ぬのではない。健康を気づかい、規則正しい生活を送っている者が、絶対に長生きするともいえない。もちろん、合理的な考えかたからすると、世間でいう正しい生活を大事にしている人のほうが、乱暴に暮らしている人よりながく生きるだろうと思われる。

だが、人生は確率では計れないものなのだ。平均とか、統計とかいった物差しは、実人生《じつじんせい》では、ほとんど役に立たないものなのである。そのことを私は、外地で敗戦をむかえてから今日までの日々の暮らしのなかで、いやというほど実感してきた。

私個人は、世界にただ一人の存在《そんざい》なのであって、人間一般ではない。「天上天下唯《てんじょうてんげゆい》我独尊《がどくそん》」という言葉を、私はそう解釈している。「自分」がなぜ尊いか。それはこの宇宙でただ一人の存在であるからだ。ほかに同じものがないということを、絶対希少《ぜったいきしょう》価値《かち》と呼ぶならば、この私はまさしくその絶対希少価値的《ぜったいきしょうかちてき》存在なのである。ダイヤモンドやプラチナなど問題にならないほどの希少価値である。なにしろ全世界、全宇宙に、この自分とまったく同じ存在は二つとないのだから。

そんな絶対の個人、唯一《ゆいいつ》の我にとって、科学的平均値や、統計的価値観などが、なにほどのものだろうか。

人の平均寿命など、自分には関係のないことだ。平均寿命が延びようが、短くなろうが、早く死ぬ人は死ぬし、ながく生きる人は生きる。

そのことを私は勝手に「絶対的人生感」と呼んでいる。それに対して人間一般を基準に自分の生を考えるやりかたを「相対的人生感」と呼ぶ。「人生観」ではなく、「人生感」なのだ。

この自分が、全世界で唯一の存在であることを自覚すれば、そこにおのずから生まれてくる自己の価値感がある。これも「価値観」ではない、ひとつの感覚である。それが「唯我独尊」の自覚だ。自分ひとりが偉い、というのではない。ただ一人の自分であることが尊く、ありがたいことなのだ。

その感覚を、さらに深く、強く追求していったなら、ひょっとすると自分の生の残り時間、「天寿」というものが見えてくるのではないか、と私は考えている。「もう、そろそろだな」とか、「まだまだ大丈夫」とか、そのあたりからはじめて、自分のあたえられた人生を漠然《ばくぜん》とでもつかめるように、深夜、声なき声に耳をすませながら生きている。

運命のいたずら

思いがけないことがあるものである。

雨の晩に、道路を渡ろうとして足をくじいたのだ。濡《ぬ》れた歩道の縁石《えんせき》に靴のゴム底がすべって、あやうく転倒しそうになった。

ひっくり返りでもしたら大変なことになっていただろう。頭を打つか、または体をかばって手や肘《ひじ》を痛めるのは、よくあることだ。

ふだんカバン一つさげて、全国各地を飛びまわっているせいか、うまくバランスをとって体勢をとり直したのだが、あぶないところだった。

もちろん、右の足首は一瞬、Uの字にねじれて、しまった、と思った。アキレス腱《けん》を切ったんじゃないかと考えたのだ。さいわいそうではなく、ただの捻挫《ねんざ》ですんだのは不幸中のさいわいと言うべきか。

しかし、右足首は象の足みたいに太くはれあがってしまった。二、三日経《た》つと今度は黒く変色してくる。足の爪先《つまさき》からふくらはぎのあたりまで、まるで黒い靴下をはいたかのような皮下出血である。

痛いけれども、とりあえず歩く。じっとしていて、そのまま固まってしまっては困るからだ。

「冷やすといいですよ」

とか、

「タイガーバームがいいです」

とか、いろんな周囲の声をききながして、ツバをぬっては手でさする。犬が傷口をなめているのを見て、なるほど、自分で手当てをするのがいちばんだと思ったからだ。

しかし、あとでよくよく考えてみると、公園の横の人気《ひとけ》のない道路で、もし頭を打って気を失い、倒れたままになっていたらどういう結果になっただろう。深夜のトラックにひかれるか、タクシーにはねられて、一巻の終わりだったかもしれない。

いまこうして原稿を書いていられるのは、ひとえに幸運だっただけの話である。人間の運命というやつは、じつに紙一重《かみひとえ》のところで私たちの生《せい》を左右《さゆう》しているようだ。

この一カ月あまり、私の周囲で事故がしばしば起こった。知人、友人が倒れたり、思いがけない病気が発見されたりしている。不幸はまとまってやってくる、というのは私のかねがねの考えだが、逆にまた幸運というやつもジュズつなぎになってやってくることが多い。不運に確率は当てはまらないというのが私の持論《じろん》である。踏《ふ》んだり蹴《け》ったり、という言いかたがある。人生はしばしば「踏まれたり蹴られたり」がつづくものなのだ。そこがつらい。

「禍福《かふく》」は一瞬にして逆転する

「禍福《かふく》は糾《あざな》える縄《なわ》の如《ごと》し」

とは、よく知られた文句である。「禍《か》」は不幸な出来事のこと。「福」はいうまでもなく幸せを意味する。不運と幸運、というように考えてもいいだろう。

幸福と不幸、しあわせとふしあわせは、隣り合わせである、という考えかただ。一本の縄は、ふた筋のねじった藁《わら》を交互に組み合わせてつくる。縄をなう、とはそんなふうに両手のひらで藁にひねりを加えてロープ状にすることをいう。

ふた筋が一本になる。かわりばんこに組み合わされて縄ができる。

人生そんなに良いことだけではないよ、という意味だろう。これには中国のおもしろい故事《こじ》があるが、ここでは触《ふ》れない。

悪いことばかりがつづくわけでもない。といって、そうそう幸運だけがかさなってやってくるわけでもない。

運がよかった、と胸をなでおろすと、それが逆目《ぎゃくめ》に出たり、残念、と唇《くちびる》をかみしめていると、かえって難を逃《のが》れたりする。日航機の事故で多くの死者が出たとき、運悪く出発の時間に間に合わず、乗りおくれたために一命をとりとめた乗客がいた。こういう場合は、まさに「禍福」は一瞬にして逆転する。

私たちの日々の暮らしというのは、そういうことの連続だ。なにが幸運になるかわからないし、また逆に、なにが不幸のもとになるかわかったものではない。

先日、足首をくじいたとき、しまった、と後悔したものだった。どうしてあんなに急いだのだろう。濡れた歩道からひょいと軽々しく移動したりさえしなければ、と、そのときは大いにくやんだものである。自分のおっちょこちょいぶりに舌打ちする思いだった。

しかし、その日から何事につけて慎重《しんちょう》にふるまうようになった自分をかえりみて、ひょっとするとこれもいい薬だったかな、と考えるようになってきた。

私はもともと短気で、せっかちな九州人気質まるだしの田舎者《いなかもの》である。なにに関してもパッパッとやらなければ気がすまない。じっくり落ち着いてものごとを処理するのが苦手《にがて》なたちだ。

階段も必ず駆け降りるのが常だった。街《まち》を歩くときも、消防車なみに急ぐ。右手でなにかしながら、左手で他のことをしたりする。「急がば回れ」と口の中で自分に言いきかせながら、内心は「回ったぶんだけ急がなきゃ」と考えている、そんなあわて者だった。

運命を左右した事故

学生のころ、新宿駅の付近を歩いていて、間一髪《かんいっぱつ》という目にあったことがある。不意《ふい》に背後でズシンという音がして、体がゆれた。ゆれたなんて、なまやさしいものじゃない。五、六センチほど上に飛びあがったような記憶がある。

ふり返ると、そこに鉄の柱《はしら》が立っている。すぐ道路わきのビル工事の高い場所から、巨大な鉄材が落下したらしい。もし、その鉄材が横になって落ちてきたなら、混乱している新宿の歩道を歩いていた人たちは、一挙《いっきょ》になぎ倒されたはずだ。当然、多数の死傷者が出たことだろうと思う。

その十メートルちかい鉄材は、垂直《すいちょく》に落下して、歩道に深くつき刺さったのである。私がもし、あと少しうしろをのんびり歩いていたなら、まともに直撃されただろう。すぐ横を歩いていた若いカップルは、腰が抜けたように道路の端にへたりこみ、声も出ない様子だった。

ああいうことがあるのだろうか、といまさらのように思う。そのときは、ほっと胸をなでおろし、危険な工事をラッシュの街頭で行っている施工者《せこうしゃ》に立腹しただけだったが、その日、自分の部屋へ帰ったあとで、不意に実感としての恐怖がせまってきた。体がガタガタ震えて、とまらないのである。その晩は、ずっと震えがとまらず、眠れなかったことをおぼえている。

あと何メートルかの距離《きょり》が生死を分けることが、実際にあるのだと身にしみて思った。

数年前、東海地方で悲惨《ひさん》な交通事故があった。たまたまそのとき、名古屋にいて、ニュースで知ったのである。

それは道路を走っていた乗用車が、対向車線から飛びこんできた他の車に、屋根ごと切り裂いたように車体をそぎとられ、乗っていた家族全員が死亡した事故である。ガードレールに高速で接触した対向車線の車が、空に舞いあがり、対向車線に落下する際にボディーの上半分をそぎとったのだ。

もし、不運な事故にあった車が、どこかで何秒かスピードを落とすか、もしくは加速していれば、そんな衝突は起きなかっただろう。

時速六十キロで走行している車は、一秒間に約十六・七メートル前へ進む。空中から落下してくる対向車をかわすためには、〇・五秒早く前へ出ていれば十分だったはずである。時間と角度、そして計算できない一度きりのタイミングによって、事故は引き起こされたのだ。

先日、ドイツ南西部上空で、ロシアの旅客機が貨物機と衝突した。乗客・乗員七十一人が死亡したが、痛ましかったのは、乗客の大半が若い高校生以下の生徒だったことである。

彼らはロシア南部のバシコルトスタン共和国の生徒たちだった。

今期の学業成績が優秀だったために、「ご褒美《ほうび》」として十日あまりの夏休みをかねた海外旅行をプレゼントされた少年たちだったという。

地方の共和国の高校生がヨーロッパや海外を旅行する機会は、なかなかないはずだ。特別のスポーツ選手や、マフィア成金《なりきん》の子弟《してい》以外、ふつうの生徒たちにとっては夢のような夏休み旅行だったろう。

彼らの運命を左右《さゆう》した条件は、いくつもあった。まず最初は、予定していた出発便に乗りおくれたことである。その原因は、モスクワ発の通信によれば、旅行会社の係員がうっかりして彼らを当日、出発便と別な他の空港へ案内したことにある。モスクワにも、ロンドンにも、パリにも、空港がいくつもあり、私たち旅行者もときに戸惑《とまど》うこともあるが、プロの係員が間違うとは、よほどぼんやりしていたのだろうか。

そのため、予定の飛行機に乗れず、彼ら一行は別に仕立てた臨時のチャーター便で飛び立つこととなった。

こういうことは、旅先ではしばしば起こることである。しかし、定期便でない臨時便に乗るのは、いつもどこか不安があるものだ。ましてチャーター機となればなおさらである。

不運はそれだけではなかった。七月九日の朝日新聞朝刊の記事によれば、スイスの管制官《かんせいかん》が事故機のＴＣＡＳ（自動空中衝突防止装置）が「上昇」の警報を出しているのを無視して、逆に「下降」を指示したことが事故につながったと報じている。

片方が降下し、もう片方が上昇すれば衝突はふせげる。今回は双方ともが同時に降下した。ドイツの他の空港の管制官がそれを見て両機の衝突の可能性を察知し、スイスに急ぎ連絡しようとしたが、当日に限って電話が不通で伝えられなかったという。

これも不運の連鎖《れんさ》である。また当日、スイスの管制センターでは常時二名の管制官の片方が、勤務違反の休憩《きゅうけい》を勝手にとっていて、たった一人の管制官が不通電話の連絡回復に忙殺《ぼうさつ》されていたという。

凡夫《ぼんぷ》である自分を認《みと》めること

こうしてみると、幸運の原因は一つでも可能だが、不運にはじつに仕組まれたような複雑な偶然《ぐうぜん》が見事に協同して働いていると言っていいだろう。不幸の原因は決して一つではないのである。

人の運不運は語るべきではない、という意見はよくわかる。しかし、そうはいっても、やはり胸からあふれ出る感慨というものは、抑《おさ》えることができない。

「あのとき、こうしていたら」

とか、

「あんなふうにさえしなければ」

と、日々、何度となく思いながら時間がすぎ、一生が終わるのである。

運命を甘受《かんじゅ》する、と、いうのも、たしかにひとつの生きかただろう。ぐちをこぼしながら怨《うら》み顔で生きるよりも、これが自分の運命なのだ、と、きっぱり受けとめ、他人のことなどふり返ってみたりしない、というのも見事な人生かもしれない。

しかし、私たちはやはり凡夫《ぼんぷ》である。凡夫とは、きっぱり割り切ることができずに、うじうじ生きているふつうの人のことだ。

「凡夫こそ本願《ほんがん》の正機《しょうき》たるべし」

とは、親鸞《しんらん》の言葉だと伝えられるが、そうであるなら、それはそれで納得《なっとく》がいく。

つまり「諦《あきら》めきれぬ自分」と、諦めるしかない。

自力《じりき》では諦《あきら》めきれぬと諦めて
　他力《たりき》をたのむ　ほかにすべなし

まあ、こんなところだろうか。くり返し書いてきたことだが、宗教というものは、決して人が背負った重荷を軽くしてくれるものではない。宗教とか、信仰《しんこう》とかいうものを万能薬《ばんのうやく》と一緒に考えてはまずいのである。

荷物が軽くなるのではない。荷物を背負って歩く、その行く先が見える、足もとが見える、元気が出てくる、と、まあ俗にいえばそういうことになろうか。

親鸞自身でさえも、ちょっと体調が悪いと心配したり、不安になったりするわけだから、凡夫のわれわれにおいてをや。

このところ、周囲に思いがけぬ事故がつづいている。四十年ちかく行きつけの店のご主人も交通事故で大変らしい。こういうときは、なんとなく気を引きしめて、天運の流れというか、見えない警告の言葉に耳を傾けて、できるだけ控えめにものごとを処《しょ》しなければ、と自分に言いきかせたりする。

そんな矢先《やさき》に、足首をくじいたりするのだから凡夫はすくいがたし。耳をすませて、また無言《むごん》の声をきくようにしなければ、と神妙《しんみょう》に思う。

宗教のふしぎな世界

宗教、という言葉が私はあまり好きではない。率直《そっちょく》にいってしまえば、嫌いである。

世の中には、宗教に関係している人が無数にいる。ふつう無宗教の国民などと誤解されがちな日本人だが、実際には驚くほどの宗教人口をかかえている。

しかし、ふしぎなことに、実際に私の周囲を見まわしてみると、それが見えてこない。新聞記者にしても、編集者にしても、宗教に関心があると公言する人はほとんど皆無《かいむ》だ。ジャーナリストや、同業の物書《ものか》き、友人などにしてもそうである。

もちろん、おおっぴらに口に出して言わなくても、クリスチャン・ネームをもっている友人は何人かいる。小説家のなかには、真剣に仏教と取り組んでいる仲間もいる。

それにもかかわらず、日常の暮らしのなかで、宗教というものが見えてこないのが、ふしぎである。

元旦《がんたん》の明治神宮には、毎年、三百万人以上の初詣《はつもう》での人びとがおしかけるらしい。テレビの中継を見ていると、若い女性の着物姿が目立つ。全国の神社仏閣《じんじゃぶっかく》での年末・年始の参拝者の数は、大変な数にのぼるだろう。

釈迦《しゃか》の誕生を祝う春の降誕会《ごうたんえ》（花祭り）、冬の報恩講《ほうおんこう》などは、いまでも盛大に催《もよお》されている。四国のお遍路《へんろ》は最近《さいきん》ますますふえてきているようだし、新旧各教団の式典や催事《さいじ》なども、目をみはるような大がかりなものが少なくない。夏のお盆の時期に帰《き》省《せい》して、お墓参《はかまい》りに行く人たちも相当な数にのぼる。葬式や告別式も、一般には仏式が多いようだ。

それにもかかわらず、宗教、というものの手ごたえが、これほど日常生活のなかで希薄なのは、一体《いったい》、どういうことなのだろうか。

ひとつの理由としては、国の教育のありかたに問題があるのかもしれない。

国としての教育は、政治の原則にしたがう。そして政教分離《せいきょうぶんり》というのが、この国の原則である。戦前、戦中において、国家神道《こっかしんとう》=天皇制と政治の合体《がったい》がこの国を不幸にした、という反省から政教分離のルールができたのだろう。

数年前、グローバル・スタンダードという言葉が、嵐《あらし》のように日本列島に吹きあれたことがあった。グローバル・スタンダードとは、言いかえれば、アメリカ式のやりかた、ということだ。

では、戦後この国がお手本としてきたアメリカの政治は、はたして政教分離か?

アメリカでは大統領が民主主義政治のシンボルである。その大統領が就任するとき、聖書に手をおいて宣誓《せんせい》するのは、一体、なんなのか。

以前、わたしは宗教について、こういう文章を書いたことがある。

〈神の恩寵《おんちょう》も、仏の慈悲《じひ》も、個人の善行《ぜんこう》や修行《しゅぎょう》とは関係ない、と、はっきり自覚するところから信仰《しんこう》がはじまる。本当の信仰を得て、敬虔《けいけん》な生活に入《はい》ると、人生の苦しみがなくなるのだろうか。信心を得た人は、つねに心やすらかでいられるのだろうか。ノーである。どれほど深い信仰を得ようと、人生の苦悩はつきない。生きている限り生老病死《しょうろうびょうし》の影は私たちにさしつづける。では、なにが変わるのか。たぶん、苦しみつつも、それに耐えていくことができる、ということだろうか。断定的な言いかたをしないのは、真実の信仰を得たとしても、人は生きる力を失うこともあると思うからだ。それは「わがはからいにあらず」と受けとめるしかない。

しかし、月並みなたとえだが、こんな情景を考えてみよう。いま私が闇夜《やみよ》の山道を、重い荷物を背負って歩いているとする。行く手は夜にとけこんで、ほとんど一寸《いっすん》先も見えない。手さぐりで歩きつづけるしかない有様だ。

しかも、足もとにはきり立った崖《がけ》が谷底へ落ちこんでいるらしい。下のほうでかすかに響《ひび》く水音は、谷のとほうもない深さを想像させる。

目的地も見えない。うしろへ退《ひ》くすべもない。といって、そのまま座りこんでしまっても、誰《だれ》も助けにはきてくれないだろう。進退きわまっても、行くしかないのだ。手で岩肌《いわはだ》をつたいながら、半歩、また一歩とおびえつつ歩く。

私たちの生きている様子とは、およそかくのごときものだ。はっきり周囲が見えていると思いこんでいる人でも、じつは何時間かあとには生《せい》を失うこともある。交通事故もある。突然の病死もある。犯罪や戦争や天災も予測しがたい。

私たちのなかで、誰ひとりとして確実な明日《あす》が保証されている人間はいないのだ。そのことを暗夜《あんや》の山中行《さんちゅうこう》にたとえてみるのである。不安と、恐怖と、脱力感《だつりょくかん》で、体が震えるのを感ずる。

しかし、そんななかで、ふと彼方《かなた》の遠くに、小さな集落の明かりが見えたとしたならどうか。

行くべき場所、帰るべき家の灯火《とうか》が見える。そしていつか雲間から冴《さ》えわたる月光がさしてきて、足もとの断崖《だんがい》の道も、山肌《やまはだ》も、森も、くっきりと浮かびあがる。坂を歩く労苦には変わりはない。行く先までの距離《きより》がちぢまったわけでもない。荷物が軽くなるわけでもない。

しかし、人は彼方の灯火に勇気づけられ、月光に思わず感謝のため息をつくだろう。そしてふたたび歩きだす。それを他力《たりき》というのではないか。わたしはそう考えたい〉

結局、宗教というものは、現実とは反対の「あの世」のことである。それを神の国というか、仏の浄土《じょうど》というかはたいした問題ではない。そしてなによりも大事なことは、現実というものは、見えるものだけでは成り立たないのだ、という真実だ。

現実は非現実の存在《そんざい》なくしては、ありえない。光なくして影がないように、また影がない世界に光が見えないように、非現実は現実によって存在し、現実は非現実によって支えられる。

現実と非現実の世界は正反対である。現実で善なるものが、非現実世界では悪となり、現実の悪が非現実の世界では悪ではなくなる。

この社会と宗教、生活と信仰の関係は、車のアクセルとブレーキを考えるとわかりやすいだろう。

車を加速させるのはアクセルである。走らなければ車ではない。しかし、加速するだけでは車は衝突するしかない。ブレーキは減速《げんそく》し、停止し、徐行するために不可欠《ふかけつ》の要素である。

ブレーキだけの車などというのは、ナンセンスだ。しかし、アクセルだけがついていて、ブレーキをもたない車は、これも車としての意味はない。

宗教は暴走する車を引きとめようとする力である。その力は進行方向と逆に働く。

宗教の論理が合理的であったり、十二分に科学的であったりする場合、それは宗教ではなく、むしろ道徳だと考えるべきだろう。

よく宗教人が現代科学、なかんずく分子生物学やゲノムの話などをもちだして、宗教の論理の正しさを説明しようとしたりする光景を見ることがある。しかし、それはあまり宗教的とはいえない。

科学はもともと神の存在を証明することから出発したが、近代科学は神と対立する論理をきずきあげた。その力を借りて証明される宗教は、すでに宗教とはいえないはずだからである。

アメリカの裁判ドラマをテレビで見ていると、証人が誓《ちか》うシーンがよく出てくる。

「真実のみを語ることを誓います」

とか、そんな意味の言葉をのべて着席したり、また、裁判所の人間から、

「真実のみを語ることを誓いますか」

と、いう問いを受けて、

「イエス」

と、答えて証人の尋問《じんもん》がはじまる。

英語のセリフをよくきいていると、

「誓います」

「誓いますか?」

というセリフのうしろに、

「イン・ゴッド」

と、いう文句がくっついているのがきこえた。

もちろん、スーパーの字幕には、そこのところは訳されていない。当然のように、

「誓います」

「誓いますか？」

と、出ているだけだ。

「誓う」という言葉のあとには、「誰に対して」という文句があるのが英語の表現だろう。

漠然《ばくぜん》と「誓う」のではなく、裁判所か、法律の権威《けんい》か、陪審員《ばいしんいん》か、裁判官か、または検事か、いずれにせよ「誰か」に対して、はじめて「誓う」行為が成立するわけだ。

問題は、その「誰か」である。

「イン・ゴッド」

という声をきいて、はじめて証人宣誓《せんせい》の意味がはっきりした。

経済の土台である通貨に、

「イン・ゴッド・ウィ・トラスト」

と、刻印《こくいん》されているということは、経済は神の権威のもとに成り立っているということである。

民衆に選ばれた大統領が、聖書に手をおいて宣誓するということは、政治もまた神（キリスト教）の名のもとに成り立つということだろう。

そして、司法の中心である裁判もまた、神に対して忠実に行われるとすれば、民主主義といい、市場《しじょう》原理といい、正義といい、すべて神の光のもとに照らされて成立しているのがアメリカの民主主義であると納得《なっとく》がいく。

「そりゃあ形式だけのものさ」

と、言う人もいるだろう。しかし、形式であれなんであれ、米国社会がそれをタテマエとして成り立っていることは、ひとつの立場として認《みと》めないわけにはいくまい。

「和魂洋才《わこんようさい》」

と、いう。

「才《さい》」

には、必ず、

「魂《こん》」

が必要であることを明治の為政者《いせいしゃ》たちは知っていた。

「魂」

なき、

「才」

は、システムとして本当には成立しない。

「魂《こん》」は「根《こん》」であり、根のない植物はふつうはありえない。一本の樹木にしても、一《ひと》もとの草花にしても、大地に深く根を広げ、その命を支える。葉も、幹《みき》も、花も、見えない地中の根によって存在する。

この「魂《こん》」＝「根《こん》」に当たるものは、「見えない世界」への信頼である。

「神の見えざる手」

に対する信頼がなければ、自由競争にもとづく市場原理は存在しえなかった。資本主義というシステムは、神という保証によって成立したシステムである。

資本主義が宗教に根をもつシステムであるといえば、首をかしげる人もいようし、うなずく人もいるだろう。しかし、「魂」なき資本主義はありえない。すべてのシステムには、背後にそれを支える「魂《こん》」＝「根《こん》」があるのだ。

それは経済や政治だけではない。英国に学んで英文学を研究した夏目《なつめ》漱石《そうせき》は、いくら英国の小説の構造を学んだところで、日本人がそのタイプの小説を創作する可能性を疑っていた。

彼は鋭く文学もまた「洋魂」によって支えられる文化であることを見抜いていたからである。「和魂英文」は不可能である、と。

欧米の文学の背後には、「神の見えざる手」が影を落としている。たとえそれが無神論的作品であったとしても。

そして帰国した漱石は、英国流小説の亜流《ありゅう》ではなく、東洋人の小説を模索《もさく》することになる。

「洋才」＝「欧米流の文化」

には、
「洋魂」＝「キリスト教的一神教の感覚」が、見えざる根として存在する。そのことを明治びとたちは、賢明にも見抜いていたのである。

「善《ヨ》キ者ハ逝《ユ》ク」の英訳

以前、「黒の舟歌」という歌が流行《はや》ったことがあった。野坂昭如《のさかあきゆき》、加藤登紀子《かとうときこ》などの歌でおなじみの世代もおられることだろう。

〽男と女のあいだには
　深くて暗い川がある

最近《さいきん》は英語ばやりである。先日、瀬戸内《せとうち》の小島を訪《おとず》れたとき、立派な英語学校があって驚かされた。歌の世界でもバイリンガルの歌手が大人気だ。いまや英語とパソコンは、現代人の必須《ひっす》のたしなみとなっているらしい。

その一方で、最近にわかに日本語ブームがおきているのも、おもしろい光景である。英語全盛の世の中で、日本語に関する本が大ベストセラーになっているのは、不思議《ふしぎ》なようで、当然のことかもしれないと思う。

仏教では「我ありて彼あり」などという。いくら英文につうじたところで、母国語が満足に使えないようでは、せっかくの英語のほうもおぼつかない。また英語を学んだことで、逆に日本語のおもしろさに気づいたりもする。

しかし、男と女の歌ではないが、実際には、英語と日本語のあいだに、なかなか渡ることのできない深い川があることも事実だろう。

なるほど、と膝《ひざ》を打ちたくなるような箇《か》所《しょ》にして明《めい》なる表現が、英語にはじつに多い。よくロシア語は入《はい》りにくいが、入ってしまえば楽だなどという。逆に英語のほうは、一見、とても入りやすく見えて、じつは奥が深くてなかなか核心へたどりつけない、という話をきいたことがある。

たしかにロシア語は格《かく》の変化が多く、やっかいな感じがする。しかし、そこをすぎると東洋人にも共通の感性があって、わかりやすいところがあるのはたしかだ。それに対して、英語のほうは、行っても行っても、さらに道は遠く深い、という感じがするのである。

『他力《たりき》』という本を、英文で『TARIKI』として出版した際に、いろいろと興味ぶかい訳語に出会った。そのなかに『大河の一滴』の文章の一部が出てくる。この「大河の一滴」という言葉にしても、英語になると「a single drop of water in a mighty river」と、すこぶるながい表現になっていた。そうかと思えば、

「善キ者ハ逝《ヨ》《ユ》ク」

という、深いため息をこめた言葉が、

「the good die young」

と、まことに簡潔に訳されたりもする。

「the good die young」か。なるほど、と、首をふって納得《なっとく》し、いささか憮然《ぶぜん》とした思いをかみしめたものだった。逆にこれを日本語に訳し直すと、「善人は若死にする」

となりそうだ。これでは少し趣《おもむ》きがない。

「旱天《かんてん》の慈雨《じう》」

という言葉は最初、「sweet rain from dry heaven」となっているのをみつけ、「乾いた空からの雨ではなくて、乾いた大地への恵みの雨」なんです、と、苦心しながら翻訳のスタッフに説明したこともあった。たしかに「旱天」を辞書で引くと、「ひでりの空。夏の照りつける空」となっているから「ドライ・ヘヴン」である。しかし、それではなんとなく違和感《いわかん》があるだろう。『TARIKI』には「sweet manna from heaven」とあらためて訳されていた。ためしに和英を引いてみると、「rain after a long spell of dry weather」となっていた。

〽ユー・アー・マイ・デスティニー

と、いうポール・アンカの歌声が一世を風靡《ふうび》したのは、何十年も前のことだ。ここで使われている「destiny」は、ふつう運命と訳される。歌の文句なら、「きみこそ

運命《さだめ》　わが運命《さだめ》——」ということろだろう。しかし、呪《のろ》われた恋のことは「ill fated love」とか教わったし、逆に、運命を切り拓《ひら》く、となると「future」が使われるらしい。

私たちの国では、妙《みょう》に宗教的な表現を怖《こわ》がる風潮《ふうちょう》があるようだ。アメリカの裁判ドラマを見ていると、犯人が宣誓《せんせい》するときに、「真実のみを語ることを誓います」と言う。そのときに「In God」という声がきこえるのだが、映画やテレビの字幕では、いつも切り捨てられているのが不思議である。

ちなみに有名な札幌《さっぽろ》農学校のクラーク先生のスピーチにしても、「Boys, be ambitious」だけが伝えられているが、そのあとにくる文句はなかったのだろうか。なにに対して野心的であれよ、大望《たいもう》を抱《いだ》けよ、と、クラーク先生は言ったのだろうか。

いずれにせよ、運命と宿命ぐらいならまだしも、これが「宿業《しゅくごう》」とか「業縁《ごうえん》」とかいった表現になると、訳する側も相当に苦労しそうな感じだ。やはり「ユー・アー・マイ・デスティニー」と調子よくうたっているほうが楽なのかもしれない。

新しい明日はどこにあるのか

見える世界と見えない世界

最近《さいきん》、「日本人の心が荒廃《こうはい》している。だから、宗教を思い返さなければいけない」とか、「日本の青少年のモラルが荒れているから、道徳教育が必要だ」という動きがあります。けれども、本当のところ、私は必ずしもそうは思いません。

というのは、宗教と道徳とはまったく相反《あいはん》するもののような気がするからです。基本的に、宗教と道徳とはまったくちがうタイプのものなのです。

では、「道徳」とは一体《いったい》なんでしょうか。

道徳というのは、人間がこの社会を生きていく上で、秩序《ちつじょ》をたもつためのものです。ある意味では、社会をどういうふうに生きていくかという、非常に現実的な対策だといえるでしょう。たとえば、人間がけんかをせずに、仲良く暮らすためにはどうすればいいか、というようなことだと思うのです。

だから、道徳は現実的なものですし、ノウハウというものともつながっています。それに対して、宗教は、現世《げんせ》とは全然ちがう世界のものです。目に見えない世界、現実ではない世界のことを考えること。それが宗教だ、という気がするのです。

道徳というのは現実の世界のもの、目に見える世界のものです。お年寄りを大事にする、ということは道徳です。混《こ》んでいる電車で座席に座っているとき、お年寄りが乗ってきたら自分が立って席をゆずる。これは、道徳教育でできることでしょう。つまり、目に見える世界のなかの問題です。

しかし、宗教というのはそうではない。宗教というのは現実的になにか役に立つ、ということではない。宗教は目に見えない世界を扱《あつか》うものです。そのことを、私たちはよくわきまえておかなければいけないと思います。

見える世界と見えない世界、この世とあの世、あるいは現実と非現実、こういうものの二重構造が大事だという気がします。その両方がなければ世界が色あせて見えますし、世の中もつまらないだろう、と私は思っているのです。

平面的に見える世界は魅力《みりょく》がありません。魅力があって、非常に崇高《すうこう》な深さを感じさせ、しかも、素晴らしい世界であるためには、それが二重の構造をもっていなければなりません。

音楽なら、単一《たんいつ》のメロディーだけではなく、低音と高音のちがうメロディーが共存しているような世界、旋律《せんりつ》が重なっているポリフォニックな世界。そういう遠近法のようなものがあってこそ、人間の世界や人生は彫《ほ》りの深い、価値のあるものに感じられるのではないでしょうか。

未開社会においては、いまでも精霊《せいれい》などの存在《そんざい》を信じている人びとがいます。そういう人びとの生活というのは、むしろいきいきとしていて人間的に感じられますし、魅力があります。

アジアのある地域の人びとには「一日」という観念がない、ときいたことがあります。彼らは「一日」の代わりに、「ひとつの昼とひとつの夜」と数えるのだそうです。私たちが「二日」というのを、彼らは「二回の昼と二回の夜」というように考えるのだ、と。

昼間は人間が活動する時間です。一方、夜のとばりが降りてからは、人間や動物たちは眠りにつき、精霊たちが活躍する時間です。それは、天使であったり魔物《まもの》であったりするかもしれませんが、昼間は眠っているわけです。目に見えないもの、この世のものではないものが活躍する時間、それが夜だと考えられているのでしょう。

一日をそんなふうに分けるというのは、この世界をとても奥行きが深くて、魅力的なものにしている、という感じがします。

目に見えるものの価値しか感じない世界は単純ですし、幼稚《ようち》だともいえると思います。目に見えないものの値打ちをきちんと認識《にんしき》するためには、目に見える世界と目に見えない世界の両方を、人びとが実感をもって感じていなければいけない。その「目に見えない世界」のことを扱うのが宗教であり、「目に見える世界」のことを扱うのが道徳なのです。

目に見えない世界のことというのは、目に見える世界、つまり現実の社会に対して、必ずしも肯定的《こうてい》であったり、いい働きをするものではありません。むしろ、この世の倫理《りんり》や論理とは逆の倫理や論理というものをもっています。そこに価値があるのだと、私は考えています。

二足《た》す二は四、というのが現実の世界の数学です。けれども、宗教の世界の数学では、二足す二は四にはならない。だから、おもしろい。二足す二は必ず四である世界は、じつに単純きわまりなくて平板です。そこには人間の奥行きも感じられませんし、人間の尊厳《そんげん》というものも存在していません。

つまり、宗教の世界は、二足す二は四というルールでのみ成り立つ世界とはちがいます。宗教の言葉というのは、現実世界の言葉とは反対の言葉をもっている。それは、現実世界の役には立たない。だからこそ宗教の言葉は偉大である、ということになると思うのです。

一瞬の「恥《はじ》」や「畏《おそ》れ」を抱《いだ》かせる

たとえば「汝《なんじ》、右の頰《ほお》を打たれなば、左の頰を差しだせ」というのは宗教の言葉です。「汝の敵を愛せよ」もそうです。しかし、現実の問題として、右の頰を打たれて左の頰を差しだす、ということはあるでしょうか。

そんなことをしていたら、破滅してしまいます。おそらく、現実の世界ではありえないでしょう。

同じように「汝の敵を愛せよ」はどうでしょうか。もし、それを本当にきちんと守ってやっていたならば、どんな企業《きぎょう》でも一年のうちに倒産してしまうというものです。それは、現実の世界ではできないことなのです。しかし、「できない」ことなのだけれども、「できない」ことを、あえて言葉にするというところに、宗教の言葉の意味の本質があるといえるでしょう。

日常や現実の世界のなかでは通用しないようなことを、あえていうところに、宗教の言葉の価値はあります。宗教は「できない」ことをいう。一方、道徳は「できる」ことをいうわけです。

人は日常生活のなかで、弱肉強食《じゃくにくきょうしょく》のビジネスの世界を必死に働いて生きている。たとえば、競争相手とかライバル会社など、他人を徹底的に容赦《ようしゃ》なく痛めつけているビジネス・エリートがいるとします。しかし、一瞬でも「汝の敵を愛せよ」とか「右の頰を打たれたら、左の頰を差しだせ」というような宗教の言葉が、ふと頭をよぎる瞬間があったとすればどうなるか。

そのとき、相手を打ちのめす気持ちに水をさされて、手加減《てかげん》するかもしれない。その行為を一瞬恥じるかもしれない。ここまでやっていいのか、という畏《おそ》れを抱《いだ》くかもしれない。そういうことがあるのではないでしょうか。

こういう瞬間をもたせるのが、聖書の言葉であったり、あるいは仏教の言葉であったりするのです。

吉田兼好《よしだけんこう》は『徒然草《つれづれぐさ》』の第二百十七段に、金を儲《もう》けたいと思う人はどうすればいいか、という話を書いています。ある大金持ちが言うには、お金を儲けたい人は、なにはさておき、お金持ちになる心がけを修行しなければならない。その心がけというのは、仮《かり》にも無常《むじょう》を観《かん》じてはならぬ、と。

要するに、これは、世の中はいつどうなるかわからない、無常《むじょう》なものだなどと考えている人は金儲けができない、ということでしょう。この世の中は永遠につづく、大勢《たいせい》は変わらないというように信じこまなければ、金儲けなどはできないといっているわけです。
仏教的な無常観をもっている人は、絶対に金儲けができないということ。それは、吉田兼好がこの話でいっているとおりだと思います。

「すべては空《くう》である」という考えかたがあります。これも、宗教の考えかたですから、現実の世界では通用しません。現実の世界を信じる人は、「すべては空である」とは思いません。そうは思わないからこそ、営々《えいえい》とお金儲けのために、汗水垂《あせみず》らして働きつづけることができるわけです。

しかし、そういう人でも一瞬ふっと、この世の中というのは本当は空《むな》しいものなのではなかろうか、と思うかもしれない。すべてのものは失われていく、と感じることもあるはずです。

そんなふうに反省するときに、その人間の行動というのは変わると思うのです。

人間というのは、放《ほう》っておくと途方もなく疾走《しっそう》していくものです。あるいは、暴走するものです。そんな人間を暴走させないためのひとつのブレーキになるものが、宗教の言葉だという気がしてなりません。

だからこそ、宗教の言葉は現実に「できる」ことをいってはいけないのです。

同時に、現実の社会では役に立たないものであればあるほど、無用《むよう》のものであればあるほど、その言葉は宗教的な輝きをおびてきます。ときには宗教の言葉は、社会に対して危険なものであったり、有害なものであったりもするでしょう。そこに、宗教の言葉の存在する意味があるわけです。

ですから、「道徳教育」ということはありえても、「宗教教育」というものはありえないと思うのです。

マイナスとして働く宗教の力

現実の世界では、善人《ぜんにん》というものはいい結果を得ることができる、と誰《だれ》もが考えます。だからこそ、善人にならなければならない、と教えるわけでしょう。

ところが、親鸞《しんらん》は「悪人正機《あくにんしょうき》」ということをいっています。つまり、「善人なを（お）もて往生《おうじょう》をとぐ、いはん（わ）や悪人をや」と。親鸞は「善人が救われるよりも先に、悪人のほうが救われる」ということをいったのでした。

その時代には、「造悪《ぞうあく》説」という考えかたがものすごく流行《はや》ったそうです。それは、親鸞の言葉を現実の言葉として受け取り、悪をなせばなすほど救われる、というふうに人びとが考えたためでした。のちに蓮如《れんにょ》なども、必死になってそれと闘《たたか》いました。

これは、宗教の言葉をそのまま現実にもちこもうとしたところに、大きな問題があるわけです。

「悪人正機《あくにんしょうき》」というのは、実際に悪人が救われるという問題ではない。つねに善人が救われるのだ、と考えている私たちの功利《こうり》主義的で現実的な考えかたに根底《こんてい》から一撃をあたえるための言葉なのです。痛烈な批判をあたえて、本当にそうなのだろうか、と私たちに考えさせるきっかけになるものだと思います。

つまり、詩的な言葉であり、逆説的な言葉だというべきでしょう。「悪人正機」に限らず、宗教の言葉というものは、ほとんど全部がそうだという気がしてなりません。

二〇〇一年九月十一日、アメリカで同時多発テロという事件が起こりました。あのとき、聖書の有名な「復讐《ふくしゅう》するは我《われ》にあり。我これを報《むく》いん」という言葉を思い出した人もいるのではないでしょうか。これは、トルストイの小説の扉《とびら》にも書かれている文句です。

この言葉は、報復《ほうふく》というのは人間のやることではない、神の権利だ、といっているわけです。つまり、人間は決して人間に対して復讐したり報復したりしてはいけない、人間はそういう傲慢《ごうまん》なことをしてはならない、ということです。聖書のなかに、はっきりそう書いてあるのです。

この言葉を原理主義的に受け取れば、人間は報復などということはできないことになる。それどころか、右の頰を打たれたのだから、次は左の頰を出せ、ということになってしまいます。

とはいえ、それはやはりできません。できないけれども、なにかがあったら、すぐに報復だといってそれに倍する暴力を振るおうとする人間の性癖《せいへき》に対して、ひとつのブレーキにはなるかもしれない。「復讐するは我にあり」と、遠くできこえる神の声が、人間に反省というものをもたらす大事なきっかけになるのです。

傲慢《ごうまん》な人間にブレーキをかける言葉

人間とは傲慢《ごうまん》なものです。傲慢になってしまうと、なかなか反省ということをしない。偉大なものへの畏怖《いふ》の感情というものを、失いがちになってしまいます。

宗教は、そうした愚《おろ》かな人間にブレーキをかける役割をもっているのではないか。人間というのは、放《ほう》っておけばものすごく思いあがってしまうものであり、残酷に暴走するものであり、とめどもなくなる。そういう認識《にんしき》の上にあるのが、宗教の言葉なのです。

私はときどきこんなふうに考えてみます。経済というのは、車にたとえればエンジンに当たるだろう。生産力といってもいいでしょう。エンジンがエネルギーを発生し、車をひっぱって走らせていく。

それに対して、たとえば政治というのはハンドルみたいなもので、車を走らせるエンジンに対して方向性をあたえている。カーブになったら曲がる。こういう働きをするのが政治の役割でしょう。

それでは、宗教とはなにか。それはブレーキだと思うのです。ブレーキというのは、前進するというプラスの働きに対して、それを阻害《そがい》するマイナスの働きです。プラス思考に対するマイナス思考だともいえるでしょう。ふつうは前へ、前へと進んでいこうとする。宗教はその力をとめようとする反対の力であり、逆に働くものです。

しかし、ブレーキなき車は間違いなく暴走します。それ以前に、ブレーキなき車は実際には走行できないはずです。宗教というものも、つねに人間に対してはブレーキとして働く力だ、反作用《はんさよう》なのだ、と考えたほうがいいのではないでしょうか。

宗教は、現実の世界ではプラスになるものではありません。宗教を信じていれば、いろいろな面でプラスになるだろうとか、前進を助ける力になってくれるだろう、と私たちは思いがちです。そうではない。むしろ、現実の世界では宗教はブレーキをかける力だ、ということです。

宗教団体のなかには、信者になると、収入の一部を教団に差しだす、というものもあります。これは、現実に自分の収入が減ることにつながっている。宗教というのはそういうものです。

人間は、とめどなく加速していこうとする性癖をもっています。前年比で、無限《むげん》に上昇しなければ気がすまないし、お金を儲《もう》ければ儲けるほど、もっとたくさんのものを望むようになってくる。

人間とはそういう存在です。同時に、つねに傲慢になったり、暴力的になったりし、そのことを反省しない存在だといわざるをえません。そういう人間に対しては、なにかが歯止めをかけたり、一瞬立ちどまらせる必要がある。それをするのが宗教の力だ、というふうに私には思えるのです。

そうなると、宗教はときとして、というより、ほとんど絶対的に、反社会的な言動や言説《げんせつ》になります。宗教の言葉とは、人を感心させるようなものではなく、社会のなかで有効な言葉でもありません。

あの同時多発テロのような事件が起こったとき、聖書の「汝《なんじ》の敵を愛せよ」や「右の頰を打たれたら、左の頰を差しだせ」という言葉はほとんど無力《むりよく》です。それでも、ひょっとすると、その言葉がどこかで響《ひび》いていることで、極端《きよくたん》な報復主義《ほうふくしゆぎ》におちいらずにすんでいるのかもしれません。宗教の言葉とは、そういうものなのではないでしょうか。

ですから、宗教がもっている力というのはそれほど巨大ではない。巨大ではないところに、宗教の力のもつ偉大さがあるのです。

宗教とは、ささやかな抵抗、ささやかな反省、あるいはささやかな畏敬《いけい》の念を抱かせるものです。そういう宗教があればこそ、社会というものは意味があり、人間も愛すべき存在である、といえるのではないでしょうか。

宗教は夜道を照らす月の光

もし、宗教や信仰《しんこう》や信心というものを得たら、その人の苦しみは軽くなるのでしょうか。いや、軽くはならない、というのが私の意見です。

たとえば、重い荷物を背負って坂道をのぼっている人がいたとしましょう。その人はその荷物の重みに耐えかねている。では、その人が宗教や信仰というものを得たときに、背負っている荷物をおろして、軽くすることができるのだろうか。それは絶対にできません。

なぜか。宗教は現実の言葉ではないからです。道徳ではないからです。

いくらその人が信仰を得ても、背負っている荷物が軽くなることはないのです。必ずしも病気が治ったりもしません。もちろん、信仰を得たことでその人の気持ちが軽くなり、その結果として病状が好転することはあるかもしれない。

それなら、宗教にはいったいどんな意味があるというのでしょうか。

人間は誰でも重い荷物を背負ったとき、もういやだと途中で投げだしたくなったりします。歩くのをやめて座りこみたくなったり、なにもかも放《ほう》りだして死にたくなったりします。そういう人間に対して、重い荷物を背負ったままで歩きつづける力をあたえてくれるもの、それが宗教だろうと私は思うのです。

宗教の御利益《ごりやく》で荷物が軽くなることはない。そのことは、よく考えておいたほうがいいでしょう。むしろ信仰をもったほうが、荷物の重さをひしひしと感じることになるかもしれません。しかし、それを投げださずに、生きていこうとする勇気や頼もしさをあたえてくれるのが、宗教というものではないでしょうか。

私自身、子どものころのこんな記憶があります。ある夜、山奥の村から村へ急いで知らせに行かなければいけない用事があったのです。私は一人で、切り立った崖《がけ》の縁《ふち》の山肌《やまはだ》に沿った細い山道を歩いていきました。

先は真っ暗で、ほとんどなにも見えません。一歩間違えれば、足を踏みはずして崖から落ちるかもしれない。しかし、隣の集落までずっと夜道を歩いていかなければならない。不安や恐怖で心細いし足はすくむ。本当につらい道のりでした。

そういうときに、雲の切れ間から急に月の光が鮮やかにあたりを照らしたのです。すると、道の先が照らされて、向こうのほうに自分の行くべき集落の明かりが見えました。

自分がいま歩いている道も、月の光ではっきりと見える。下には崖があって、道の縁を歩くと危険でも、山裾《やますそ》に寄っていけば大丈夫だということがわかる。あの沢をこえて谷をあがったところまで行けば目的の集落に着く、ということもわかるのです。

その人間にとっては、行く道も変わらず、歩く距離《きょり》も変わらない。背中に背負っている荷物が軽くなったわけでもない。でも、本人にとっては、それが見えるというのは、見えないときとは全然ちがうものです。

宗教や信仰というものは、そういうときに足もとを照らしてくれる月の光みたいなものではないでしょうか。荷物も軽くならないし、距離も短くなるわけではない。その点においてはなにも変わらない。変わらないけれども、それが照っているときといないときでは、歩いている人の心持ちはまるで変わってくる。

心持ちが変われば、足どりだってしっかりしたものになるし、疲れも半分になってしまう。あそこまで行けばいいのだ、という目的地が見えているからです。これは、真っ暗闇《くらやみ》のなかで歩くことの心細さに比べると、ものすごいプラスです。宗教とはそういうものだろう、と私は考えるのです。

宗教の原点をそのように考えてみたとき、宗派《しゅうは》とか神とか仏とかいろいろな対象《たいしょう》が出てきます。ただし、その区別は、あまり原理主義的に厳しくしないほうがいいのではないか、と思います。

キリスト教徒の場合、かつて「十字軍」というものがありました。十字軍というのは、異教徒にうばわれた聖地を奪回《だっかい》する、という名目で派遣《はけん》された軍隊でした。しかし、これは簡単にいえば、異教徒征伐《せいばつ》ということにほかなりません。つまり、キリスト教徒以外の異教徒を、すべて敵とする考えかたです。

自分たちの神を信じる。その一方で、その神を信じない者たちを異端《いたん》とし、異教徒としてしまう。その考えかたには問題があるだろう、と私は思っています。キリスト教では、そういう考えかたがずいぶんながくつづきました。

宗教には、おのれの神を誇《ほこ》るという傾向があります。おのれの神を誇れば、ほかの神をさげすみ、おのれの神しか神はなし、と考えがちです。

しかし、そういうものは宗教とはいうものの、本来の宗教ではないといえるのではないでしょうか。「宗派《しゅうは》」とでもいえばいいのかもしれません。イデオロギーと党派の関係とよく似ているような気もします。

宗教というのは、そんなふうに、あるものをただ感じる、というだけのものではありません。たくさんの人びとが一緒になってそれを信じる、というところに宗教の心強さや意味があるのです。

信仰をともにする共同体の大切さ

宗教をたくさんの人間が集まって信じる。そうなると、そのなかに陶酔《とうすい》も必要であり、政治も必要だ、ということになってきます。すなわち、教団には統制が必要だし、目的意識も必要だし、経営も必要だと、こうなってくるわけです。

仏教では「仏法僧《ぶっぽうそう》」という言葉があります。この「仏・法・僧」の三つのことを「三宝《さんぼう》」といって、大切にするようにといわれているのです。

「仏」ははとけであり、「法」は真理、ほとけの教えのことです。「僧」は日本ではお坊さんだと解釈しがちですが、この言葉はもともとは「サンガ」でした。サンガというのはひとつの信仰をもつ人びとの集まり、集団、グループのことです。つまり、同じ信仰《しんこう》をともにする仲間、という意味になります。

真宗《しんしゅう》の言葉に「御同朋《おんどうぼう》」というのがありますが、これも仲間、同志ということでしょう。サンガも御同朋もひとつの信仰をともにする人びとの集まり、グループです。

そういう信仰の共同体を大切にしなさい、それを破壊したり乱すようなことはできるだけしないように、といっているわけです。

「仏・法・僧」の「仏」は、拝《おが》む対象であり、あるいは信仰する対象です。ですから、これを大切にしなさい、というのはよくわかります。また、「法」というのは、それにいたるための仏説《ぶっせつ》などの真理のことで、やはり大切なことです。そして、「僧」というのはたんに僧侶《そうりょ》のことではなく、サンガという、信仰をともにする仲間の集まりのことを指《さ》している。これを大切にしなければいけない、というのです。

「宗教とはなにか」を考え直すとき

徳川時代というのは、仏教がたいへん堕落《だらく》した時代でした。

当時、幕府は領民を管理するために、宗門 改《しゅうもんあらため》という制度を実施《じっし》しました。その制度では、寺がいわば区役所の役割もはたしていました。

宗門人別帳《にんべつちょう》という戸籍簿のような帳簿に、一戸ごとの家族の出生《しゅっしょう》や死亡などの記録がすべて記載されていたのです。

その人別帳に記載されないと、無宿人《むしゅくにん》としての扱《あつか》いを受けます。それは、すべての権利が無視されるという恐ろしいことでした。あの時代に寺から破門《はもん》されるということは、この世から抹殺されるのと同じくらい、大きな意味をもっていました。

また、村の人びとは結婚とか旅行とかあらゆる機会に、寺請状《てらうけじょう》とか寺手形《てらてがた》と呼ばれる証明書を寺に発行してもらう必要がありました。そのため、当時の寺の僧侶たちは代官以上にいばっていて、権力ももっていたというほどです。

そういうなかで、あたかも寺が民衆の上に君臨《くんりん》するような、異常で歪《ゆが》んだ状況が生まれてきました。そのため、それに対する憤懣《ふんまん》も出てくるわけです。

明治のころに起こった廃仏毀釈《はいぶつきしゃく》という運動では、日本の各地でたくさんの寺が焼かれたり、仏像が壊されたりしました。あれも、じつはそうした現象《げんしょう》のひとつだったにちがいありません。

宗教のなかにもいろいろなものがあります。たとえば、出家《しゅつけ》宗教と在家《ざいけ》宗教というものもあります。出家宗教というのは、修行《しゅぎょう》して自分が悟《さと》りを開くということです。

その場合には、まったく物を生産せず、結婚もせずに、戒律《かいりつ》を守ってやっていく。世間の人たちは、自分たちの代わりに、あんなふうに素晴らしいことをやってくれている人がいるということで、その人たちに物や食事やお金をあげる。

これが、「布施《ふせ》」ということです。修行できない人は布施をすることで恩恵《おんけい》にあずかる、という考えかたです。一般の人たちの代表として、いちばん苦しいことをやってくれる人がいて、みんなはその人に布施をする。こんなふうに役割分担をしていた時代があります。

ですから、出家仏教ではお坊さんが修行をして、一般の人はそのお坊さんに喜捨《きしゃ》をします。喜捨というのは、カンパをするということです。

お坊さんは生産をしません。物を生産するということは、ある意味では罪業《ざいごう》をつくることです。そのため、生産をせず、清らかな生活をして仏になるための修行をするのです。結婚もしません。それは、欲望を抑《おさ》えるということです。ふつうの人ができないありとあらゆることをその人たちはするのです。

そして、修行を積んで仏になっていく。周りの人たちは、その御利益の一端《いったん》を分かちあたえていただくために、その人たちを支える。こういう形がずっとつづいてきたわけです。

しかし、いまはそういう宗教家というものではなく、「宗教とはなにか」ということを、人間が根底《こんてい》から考えなければならないのではないか。そういうところへさしかかっているような気がします。

たとえば、宮沢賢治《みやざわけんじ》のような人たちは、宗教とはなにか、ということを真剣に考えたにちがいありません。宮沢賢治は法華経《ほけきょう》の熱烈な信者でした。そのことを知ると、彼のさまざまな作品や思想が、別の形で見えてきます。

このように宗教の光が射《さ》すことで、あらゆるものがくっきりと魅力的に、いきいきと立体的に見えてくるのではなかろうか、と思うのです。

日本の場合、神仏習合《しんぶつしゅうごう》ということがいわれます。これは、神棚《かみだな》と仏壇《ぶつだん》が一軒の家のなかに同居しているように、神道《しんとう》と仏教とが同居しているということです。しかも、神道と仏教だけではありません。そこにキリスト教も混じってくる、道教《どうきょう》も入ってくる、儒教《じゅきょう》も入ってくる、という形です。

一方、近代というものは、宗教を純粋化していく傾向がありました。世界のさまざまな宗教のなかで、キリスト教、イスラム教などはとくにそうだといえるでしょう。そういういわば純粋な宗教に対して、日本は原初的で混沌《こんとん》とした野蛮《やばん》な宗教環境である、シンクレティズム（混淆主義《こんこう》）である、といわれつづけてきました。日本人自身もまた、そのことを心のなかではいつも不安に思っていたのです。

もうひとつ、近代というものが蔑視《べっし》したのはアニミズム（精霊信仰）というものでした。キリスト教的文明社会がグローバル・スタンダードになってくると、アニミズムのようなものを非常に軽蔑《けいべつ》するわけです。それは、未開社会ほどアニミズムが発達している、という理由からでした。

つまり、軍事的・経済的・社会的に劣《おと》った状況におかれている人びとの文化であるということで、アニミズムは軽蔑される。けれども、これは本当は大事なことではないのか、という気がしてなりません。

すべてのものに命がある

たとえば、環境問題はいま、人間にとって大きな課題だといえるでしょう。しかし、環境問題はヨーロッパ的なキリスト教的文化観では解決できない、と私は思っています。というのは、ヨーロッパの人たちの考えかたのなかには、人間中心主義というものが抜きがたくあるからです。

この地球上で、あるいは宇宙のなかでの主人公は人間である、という考えかたが西欧には根源にあります。これはルネッサンス以来の人間中心主義の思想の根底《こんてい》にある、といえるでしょう。

その人間の生活に奉仕《ほうし》するものとして、人間以外の動物があり、植物があり、鉱物などがある。もちろん、水も空気も山も海も、です。これが、人間中心主義の考えかたです。この思想にのっとって、近代というのは、人間の生活を豊かにする目的で、地球に存在するあらゆるものを酷使《こくし》してきました。

本書をお買いあげいただきまして、誠にありがとうございました。
質問にお答えいただけたら幸いです。

◆「運命の足音」をお求めになった動機は？

① テレビで見て　② ラジオで知って　③ 書店で見て
④ 新聞で見て　⑤ 雑誌で見て
⑥ その他（　　　　　　　　　　　　　　）

◆著者・五木寛之さんへのメッセージ、また本書のご感想をお書きください。

郵便はがき

お手数ですが、
50円切手を
おはりください。

151-0051

東京都渋谷区千駄ヶ谷4-9-7

(株)幻冬舎

「運命の足音」係行

ご住所 〒□□□-□□□□			
Tel.(　-　-　)			
お名前	ご職業	男 / 女	年齢　歳

お買いあげ書店名	よく読む雑誌	お好きな作家

抽選で100名の方に特製・図書カードを差し上げます。

そこから引き起こされたのが環境問題です。そのため、これまで大事な地球の資源というものをつい使いすぎてしまった、という反省が生まれました。これ以上、森林の木を伐《き》ったり、水や空気を汚して環境を破壊すると、最終的には人間の生活までおびやかすことになってしまう、ということです。

つまり、いちばん大事な人間の生活を守るためには、もっと自然環境を大事にしなければならない。これが、ヨーロッパ流の環境主義の根源にある考えかただと思います。

そこでは、あくまでも主役は人間なのです。人間の生活の豊かさを保障するために、限られた自然を大切にする。動物も植物も畑も野も山も、すべては人間のために奉仕するものだ、そのように扱《あつか》われることが善だ、という前提があるわけです。

それに対して、私たちはそうではないだろうと考えます。

東洋には、たとえば、仏教もそうですけれども、自然のすべてのなかに生命がある、と考える思想があります。

仏教の「草木国土悉皆成仏《そうもくこくどしつかいじょうぶつ》」「一切衆生悉有仏性《いっさいしゅじょうしつうぶっしょう》」という言葉があらわしているの

は、山も川も草も木もけものも虫も、すべてのものは仏性をもっている、ということです。つまり、自然のすべてのものは、石ひとつにしても尊い生命をもっている。こういう考えかたが、仏教のなかにはあるといっていい。

人間に命があるのと同じように、川にも命があり、海にも命があり、森にも命がある。そうなると、命のあるもの同士として、片方が片方を搾取《さくしゅ》したり、片方が片方を酷使するというような関係は間違っているのではないか。もっと謙虚《けんきょ》に自然と向き合うべきではなかろうか、と。こういう考えかたのほうが、新しい時代の環境問題には可能性がある、という気がしてなりません。

自然のなかに生命があるという「アニミズム」と呼ばれてきた考えかたは、おくれた思想なのでしょうか。それどころか、むしろ二十一世紀の新しい可能性を示す考えかたになってくるのではないか。そんなふうにも思えるのです。

命あるものへの共感から

いま根底から問われている人間中心主義

狂牛病（ＢＳＥ）の問題で、あるフランスの哲学者が興味ぶかいことを話していました。あれは、人間が家畜である牛を、ありとあらゆる残酷な方法で人間のために酷使してきたツケがまわってきたのだ、というような内容でした。

つまり、生産力を高めるために、牛にエサとして肉骨粉《にくこっぷん》をあたえて、自然界ではありえない「共食《ともぐ》い」をさせた。そういう人間の業《ごう》というものがいま、報《むく》いを受けているのだという言説《げんせつ》です。

私は、この狂牛病の問題だけには限らず、すべてに関して人間中心主義というものが根底から問われている、というふうに思います。

あるとき、分子生物学の専門家と話をしていたときに、遺伝子やゲノム（全遺伝情報）の話題になりました。いまの科学が成し遂《と》げた大きな解明とは、人間もバッタもチョウチョウもゴキブリも、すべてのものは遺伝子の構造をもっている、ということだそうです。

そのことが、二十世紀の後半になってはっきりしてきたという。これはとても偉大なことで、「みんなに命がある」ということを示しているといっていいでしょう。

しかも、ゲノムに関する最新の研究結果では、人間とチンパンジーの遺伝子配列全体でのちがいはわずか一・二三パーセントにすぎないことが解明されています。

それをきいて、私は「でも、そんなことはもう二千年も前に、仏教が自然界のすべてのものに命がある、といっているではありませんか」と言いました。すると、「いや、直感的にそういうふうに説《と》かれてはいますが、それが科学の力で証明されたということです。やはり科学は偉大ではありませんか」という答えでした。

しかし、そうはいうものの、科学は偉大だというよりも、じつはものすごくおくれたものだ、という気もするのです。

森にも山にも命があるという考えかたは、宗教では昔からありました。樹木に注連《しめ》縄《なわ》を張って信仰の対象にしたり、山を拝んだりするのもそうでしょう。

チベットのほうでは、カンリンポチェ（ヒンドゥー語ではカイラス）が聖なる山とされています。その山の周囲を、仏教の「五体投地《ごたいとうち》」という礼法で五体を地に投げだして、尺取虫《しゃくとりむし》のようにめぐりながら巡拝《じゅんぱい》する人たちがいます。

あれも、その山に神秘的な力がある、生命がある、聖なる山だという観念があるからでしょう。山に聖なるものが宿《やど》っているという考えかたは、逆に文明人のほうが失ってしまったのではないでしょうか。

考えてみると、ヨーロッパにおける登山というのは、まさに人間が自然を征服することの証明でした。人間の力はいかに偉大なものであるか。アルピニズムというように、あれほど峻険《しゅんけん》なアルプスの山々であっても、人間が知能と肉体の限りをつくしてがんばれば、征服することができるのだ、と。それが、登山の意味だったのです。

ですから、かつてはエベレストなどの頂上に登ったときには、誇らしげに国旗を立てたものでした。国旗を立てて、ついにエベレストは人間に征服された、ということを表現したのです。つまり、人間の力の前にこれほど大きな自然もひれ伏したのだ、ということを誇ったのだといえるでしょう。

そのように、登山というものが、人間の力を同時代人に示すためのひとつのデモンストレーションだったような時代がありました。これには、私はなんとなくいやな感じを受けたものです。

それに比べて、日本の昔の富士登山というのはかなりちがいます。登山をする人は白装束《しろしょうぞく》に身をつつみ、右手で杖《つえ》をつき、「六根清浄《ろっこんしょうじょう》」と声をかけながら登りました。

これは、登山をすることによって、山の霊気《れいき》を自分のなかに吸収し、自分の生命をリフレッシュするということです。

つまり、聖なる山に詣《もう》でるという意味での登山でした。登山というのは、最初はだいたいそうだったのだと思います。日本でも、行者《ぎょうじゃ》が行っていますし、宗教的な行為だったわけです。

それが、あたかも自然を征服する人間の力の偉大さを象徴《しょうちょう》する行為であるかのごとくになった。スポーツとしての登山に取って代わられるようになった。

これは、山に戦争を仕掛けた、というふうに考えたほうがいいと思うのです。

近代の登山では、「前進キャンプ」とか「第三次アタック」というような言葉が使われている。まるで山を敵として戦っているか、山を攻略しようという印象《いんしょう》を受けます。これは、決して感じのいいものではありません。

それが近代というものです。その近代そのものが、いま大きな転換期にさしかかっています。問い直されているわけです。

戦争の時代をのりこえて

これまでは、世界の各地で宗教の対立というものがずっとながくつづいてきました。たがいに血で血を洗うような対立がつづいてきたわけです。そのなかで、日本人は例外的に宗教に関してイージーである、寛大だといわれてきたのです。

ひとつの家のなかに仏壇と神棚が共存していて、クリスマスを祝い、初詣《はつもう》でをし、教会で結婚式をあげて、お寺で葬式をする日本人。近代ヨーロッパ社会からは、とんでもない未開の宗教観をもった国民だとみなされてきました。また、そういう文化のメガネで見れば、そのようにも見えてしまいます。

日本人自身も、じつは内心そのことに対して、非常に複雑な劣等感《れっとうかん》を抱《いだ》いてきたのではないでしょうか。

故・小渕《おぶち》首相が、冗談のようにこんなことを話していたのをおぼえています。これまでは朝起きると、日の出に向かって柏手《かしわで》を打って拝《おが》んでいたが、総理大臣になったからそういうことはやめにゃいかんな、と。いや、やめることはない、というのが私の意見でした。

朝日が昇るのを見て、おのずと柏手を打つ漁師がいても、なにも不思議《ふしぎ》ではありません。また、夕日の沈むのを見て、クワをおろして合掌《がっしょう》するという農夫がいても、少しもおかしくはありません。日本人はそういうものに対して、つねに感謝や畏敬《いけい》の念というものをもってきました。むしろ、そういうものを、私たちは大事にしていかなければならないのではないか。

二十世紀までの人間の近代の文明というものは、「傲慢《ごうまん》さ」ということがひとつの特徴だったと思います。その傲慢さを生みだしたのは、科学に対する過信や技術に対する過信でした。また、そういうものを駆使《くし》する人間に対する過信でした。「自力《じりき》」というものですべては解決できるという自信が、傲慢さにつながっていったわけです。しかし、戦争ひとつとってみても、人間はまだ解決できていません。これほど戦争に反対する人たちの声が高いのにもかかわらず、世紀が進むにつれて、逆に戦争はますます増えています。しかも、戦争で殺される人間の数というものは、近代が進むにつれて、飛躍的に、天文学的に増えているのです。

このことを、私たちは冷静に考えてみる必要があるのではないでしょうか。

戦死者の数というのは、発表する機関によってかなり幅がありますし、あくまでも推定《すいてい》です。とりあえず、二十世紀に起こった二度の総力戦の犠牲者《ぎせいしゃ》数を比べてみると、第一次世界大戦における戦死者の数は、約八百万から一千万人といわれています。第二次世界大戦では、東欧や中国での未確認数を考慮すると、死者だけで四千万人以上と考えられています。負傷者の数にいたっては、おそらくその何倍にものぼるでしょう。

この飛躍的な死者数の増えかたや、東西冷戦が解消したあとに各地で起きている紛争の数の多さ。こうしたことを、いったいどう考えるべきなのでしょうか。

地球上のすべての生き物のなかで、人間だけが、「共食い」というとおかしいですが、こんなふうに同族を無制限に殺している。そういう事態をもたらしたのが人間の近代の歴史であり、十九世紀、二十世紀という時代です。

それに対して、私は忸怩《じくじ》たる思いをもたざるをえません。同時に、大きな不安と恐怖を抱かなければいけないような気がしています。

人間は、口では戦争反対とかヒューマニズムとかいいながら、その一方ではこれほどたくさんの人間を次から次へと殺しつづけている。これはやはりおかしい、異常だ、と根底から思わなければならない。疑問を感じなければならない。そこのところは、もっと素朴《そぼく》に考えたほうがいいと思うのです。

人間はおかしい。なぜ、文明が進むにつれて戦争が増えていくのか。なぜ、文明が進むにつれて、戦争で命をうばわれる人の数が多くなっていくのか。

こんな馬鹿《ばか》なことはないではないか。この文明は根底から間違っているのではないか。私は、やはり間違っていると思います。

近代というものは、たしかにひとつの夜明けでした。そのことは否定できません。けれども、その近代が傲慢な近代になってしまい、大混乱が起きているのです。そのなかで、前近代的とか未開社会のものとか、後進性といわれていたものに対して、もう一度ふり返ってみることが大事なのではないでしょうか。

「あいまいさ」を「寛容《かんよう》」として見る

そうやって考えてみると、日本人のもっている宗教観のあいまいさというものは、じつは大事なことなのかもしれません。宗教的なゆるやかさを、これまでのように「あいまいさ」とは見ずに、「寛容《かんよう》」という考えかたに立って見たほうがいいのではないか。そんな気がしてしかたがないのです。

宗教には限りません。たとえば、近代の医学のなかでも、免疫《めんえき》とか公衆衛生というものは、どちらかというと下のほうに見られていました。

下のほう、という言いかたはおかしいのですが、心臓とか脳などの大事な器官を扱う分野に比べて、かなり下位に属するジャンルとされていたのです。

しかし、二十世紀の後半になって、免疫というものが大きな脚光《きゃっこう》を浴びるようになりました。いまや「免疫は人間のアイデンティティを決定する働きだ」とまでいわれています。

従来、免疫《めんえき》というものは「拒絶《きょぜつ》」だと思われてきました。「拒絶反応」という言葉があるように、人体に外部から侵入してくる非自己に対する拒絶、ということです。非自己に対して「NO」というのが免疫の役割だ、と考えられていたわけです。

しかし、最近では、免疫の働きのなかにも「YES」があるということのほうに、むしろ大きな関心が寄せられています。自己とちがうものに対して「NO」という一方で、自分とちがうものを「YES」といって受けいれることもある。つまり、免疫には、異化《いか》作用もあれば同化作用もあるということでしょう。

妊婦の場合もそうです。妊婦は赤ん坊を胎内《たいない》に宿《やど》しています。胎児《たいじ》というものは、遺伝的には母親とも父親ともちがっているので、母親の胎内に宿っていても、異分子《いぶんし》であるわけです。通常なら、異物《いぶつ》とみなされて免疫の拒絶作用が働くはずです。

にもかかわらず、胎児に対しては拒絶作用が発揮《はっき》されません。ここでは、先にのべたように「寛容」という作用が働くからなのです。胎児を異物とせず、拒絶しないのです。

免疫のなかには「NO」という働きと同時に、このように「YES」という働きがあります。一方、宗教というのはこれまで、異端とみなすものに対して「NO」ということが多かったのではないでしょうか。「YES」という部分は抑えてきたのではないか、という気がしてならないのです。

日本人の宗教観は、その意味では「YES」と「NO」があいまいです。このことが、近代としては恥ずかしいことだとずっといわれてきました。アニミズムに対しても、後進性の象徴のようにいわれてきました。

でも、もし二十一世紀を、「宗教の対立と衝突の時代」としてではなく、別のものとして切り拓《ひら》いていくとしたらどうでしょうか。

原理主義的な宗教のなかから、「NO」という部分ではなく「YES」という部分を広げていく。あるいは、自然のあらゆるものに生命が宿っているというアニミズムのような考えかたを、もう一度取り上げていく。そうしたことをどれほど大切に考えられるか、にかかっているという気がします。

「日本人の感覚」の可能性

むずかしい理屈ではなく、「神も仏も」ということがあっても、別に悪くないのかもしれません。しかし、従来の宗教の考えかたからすれば、これはとんでもないことだといえるでしょう。それは、一神教のキリスト教やイスラム教に限らず、仏教でもそうです。

日本の仏教のなかでは、真宗《しんしゅう》は「選択的な一神教」であり、阿弥陀如来《あみだにょらい》をひと筋に信仰します。真宗以外の仏教でも、それぞれの宗派ではおのれが正しいと考えて、他《た》宗《しゅう》をなかなか認《みと》めません。

ただし、その「選択的な一神教」である真宗でさえも、「諸神諸仏諸菩薩《しょしんしょぶつしょぼさつ》を軽《かろ》んずべからず」といっている。親鸞《しんらん》も蓮如《れんにょ》もそういっています。

これは、自分たちが一神教的に阿弥陀如来をただひと筋に信じることはかまわない。でも、他の人にそれを強制《きょうせい》したり、それを信じない人を異端として攻撃してはいけない、ということをきちんといっているのだと思います。

「諸神諸仏諸菩薩《しょしんしょぶつしょぼさつ》を軽《かろ》んずべからず」という言葉は、たくさんの神や仏や菩薩がこの世に存在していることを否定しない。むしろ肯定《こうてい》している意見だといえるのです。私は、そこに非常に大きな可能性があるような気がしています。

イスラム教徒もキリスト教徒もヒンドゥー教徒も、あるいはそれ以外の宗教を信仰している人たちも、みんな雑然と混じり合って和《なご》やかに同居できる社会。しかも、それぞれの信仰を大切にしあうような社会。そういう社会をつくらない限り、二十一世紀は大混乱の時代になってしまうのではないかと思います。

朝日を拝んだり夕日を拝んだり、あるいは巨樹《きょじゅ》や山や海などに神秘を感じるということを、あらためて考えてみる。それをアニミズムといって軽蔑せず、あらゆるものに生命があるということを考え直してみることも大切でしょう。

ひょっとすると、いままで日本人の後進性といわれてきたシンクレティズムやアニミズムのなかに、二十一世紀の大きな可能性を見出《みいだ》すことができるかもしれません。

私たちはふだん、漢字かな交じり文を使って文章を書いています。新聞もそうです。テレビのテロップもそうです。日本国憲法の条文もそうです。仏教の経典《きょうてん》も聖書も他の宗教の書物も、日本では漢字かな交じり文で書かれています。

漢字というチャイニーズレターと、ひらがなというジャパニーズレターを組み合わせて文章を書く。さらにはそのなかに、カタカナとか英語の単語さえ交じっているわけです。

そういう異なる種類の文字をミックスして習合《しゅうごう》しながら、自由自在にそれを使いこなして美しい日本語をつくりあげてきたのが日本人です。その日本人の国民性ということを考えれば、神仏習合《しんぶつしゅうごう》の完成度ということも納得《なっとく》できます。

日本語はあいまいな言語だとよくいわれます。でも、そうではありません。日本語は非常に弾力性がありますし、活字になった日本語の文章というのは魅力的なものだ、と私は思っています。

日本人はこれほど融通無碍《ゆうずうむげ》に、漢字やひらがなやカタカナや外来語などをミックスして使っている。日常生活のなかでも、お箸《はし》を使ってステーキを食べたりすることを、それほど不自然ではなくやっています。和食と洋食を混ぜ合わせて食べたりもします。和室では座布団に座り、洋室ではイスに座って暮らしています。

そういう日本人の特異《とくい》な感覚を、後進性だと考えることはないのではないか。逆に、二十一世紀につながる可能性として考えることはできないだろうか。

目に見えないものを実感するとき

それと同時に、「NO」というだけでなく、「YES」ということを、これからの宗教は真剣に考えなければいけないのではないでしょうか。

やはり、宗教というものが私たちのなかに存在することが、私にはとても大切だというふうに思えます。

ここでは「宗教」という言葉を使っていますが、これはいろいろな宗派や寺や教会などを指《さ》しているわけではありません。むしろ「宗教的感覚」といったほうが近いかもしれません。目に見える現実の世界のほかに、もうひとつ目に見えない世界がある。そのことを感じる、という意味での宗教です。

日本人は昔から「天罰《てんばつ》が当たる」という言いかたをしてきました。

現実の世界では、悪業《あくごう》をかさねても、もしその人が力をもっていれば、刑に服したり罰せられずにすむかもしれません。けれども、「天罰が当たる」というのは、「天はそれを許さない」ということです。現実の世界ではその人は罪を免《まぬが》れても、「お天道《てんとう》さまはちゃんと見ているよ」という言いかたをしたわけです。

このように日本の庶民たちは、見えない世界の力の実在性というものを、いつも自分の背中に感じながら生きていたのでしょう。

そこにはある種の宗教的感覚、目に見えない世界への畏敬の念というものがあった。誰も見ていないからなにをやってもいい、ということにはならなかった。

いくらうまく立ちまわって罪を問われなくても、こんなことをしたら天が許さないだろう、という感覚がどこかにある。このように、誰かが見ている、ということが大事だと思います。ブレーキがかかるのです。

しかも、それは日本人の感覚のなかに、庶民の感覚のなかにずっと生きつづけてきたものなのです。

その見えない世界というのが、じつはとても豊かな世界なのだ、と私は思っています。それなら、目に見える世界のほかに、目に見えない世界というものの存在を、なんとか実感したほうがいい。それを実感するということは宗教というものの出発点ではなかろうか、という気がするのです。

明治以来、近代というものに切り替えていくなかで、そのような感覚はおくれたものだといって、頭から否定されてきました。それを西欧の物差しではなく、もっと根源的な物差しで、あらためて計ってみる必要があるのではないでしょうか。

私たちはもう一度、原点に戻って考えたほうがいいのではないでしょうか。

いろいろな歴史をたどっていって、原初的なものに行きつくと、目に見える世界と目に見えない世界の二つがあります。私は、その両方がわかるような人間でありたいと思うのです。

目に見えない言葉の大切さ、役に立たない言葉の大切さ、ときには社会に対して逆の発想を示すような言葉の偉大さ。こういうものをきちんと理解することが、豊かでいきいきとした人間の生活をつくっていく。そんな気がするのです。

それを「宗教」という言葉で呼べるかどうかはわかりません。

なぜなら、いま「宗教」という言葉はあまりにも汚れきっていて、官僚《かんりょう》的な感じがするからです。「宗教」という言葉が、私はあまり好きではありません。なにかちがう言葉がないだろうか、と考えているところです。

すべての背後に存在する欧米の神

宗教の問題というのは、じつはそれを超《こ》えて経済の問題でもあり、ビジネスの問題でもあり、政治の問題でもあり、芸能の問題でもあると私は考えています。

最近、アーチストの人たちが、歌唱印税《かしょういんぜい》などに以前より敏感になってきました。原《げん》盤権《ばんけん》や制作権にはいろんな問題がからんでいて、非常に複雑になっているのです。

私がそのことに気づいたのは、これまで日本人は、契約《けいやく》というものをそれほど真剣には考えない習慣があったからです。口約束のような形で仕事を進め、契約書をきちんと読まない。日本でそういう慣行が通用していたのも、ひとつは宗教的な問題だといえるのではないでしょうか。

アメリカやイスラム圏《けん》は契約社会です。契約社会というのは、人と人との契約によって動いているのではありません。あくまでも、神との契約によって人間社会が成立しているということです。つまり、契約とは神事《しんじ》であり、宗教的な事柄《ことがら》であって、魂《たましい》の問題だといっていいでしょう。

「和魂洋才《わこんようさい》」という言葉があります。これは「洋才」、つまり西洋のシステムは採《と》りいれるが、魂は日本のものを採用するということです。しかし、「洋才」というシステムの背後には必ず「洋魂《ようこん》」がある。魂というものは目に見えません。私たちは、ビジネスというのは見えるもの同士の取引だと思っていますが、じつは、そのシステムの背後にある見えないものが、大きな役割をはたしているのです。

その見えないものが「宗教」なのではないか。「宗教」といっていいのかどうかはわかりませんが、いわば「宗教的感覚」とでもいうもの、英語でいう「サムシング・

グレイト」というものが「洋才」のシステムの背後には存在しています。

アダム・スミスの『国富論《こくふろん》』以来、自由競争と市場原理《しじょう》が世界経済の基調になっています。自由競争と市場原理をそのまま野放《のばな》しにしておくと、弱肉強食《じゃくにくきょうしょく》の修羅《しゅら》の巷《ちまた》におちいるしかない。しかし、市場には神の見えざる手、インヴィジブル・ハンド・オブ・ゴッドというものがある。そのように悲惨《ひさん》な状態におちいる前に、神の見えざる手が必ずバランスを戻してくれるはずだ、と。

これが、欧米の自由主義経済と市場原理のタテマエ的な考えかたです。つまり、神の存在を前提にして、その信頼の上に市場経済というシステムが成り立っているわけです。そうなると、市場原理というのは経済の論理だけでもなく、システムだけでもなく、魂の論理でもある。私がいつも「洋才には洋魂がある」といっているのはそのことです。

社会や経済、市場原理の背景にもキリスト教の神が存在していると考えるならば、政治の背景にも同じように神というものがあります。

民主主義というのは、基本的に大統領を選出して権利を委譲《いじょう》するわけです。そのとき、大統領は就任式で宣誓《せんせい》して、神に対して約束する。ということは、民主主義というものも神という概念なしには成立しないといえるでしょう。

資本主義市場原理も、神の見えざる手に対する信頼から生まれる。民主主義も、神に対して宣誓して権限を委任されるのです。

こう考えると、古くは日本でも政治を「政《まつりごと》」といったのはよくわかります。「まつりごと」は「祭り事」であって、「祭り」というのは本来、神に奉仕《ほうし》して慰《なぐさ》めたり、祈ったりする儀式《ぎしき》だからです。

「スポーツの祭典」と呼ばれるオリンピックでは、なぜギリシャのオリンピアの遺跡で採火《さいか》した火を運んできて聖火と称するのでしょうか。それは、主神ゼウスの神殿のあった古代ギリシャの都市オリンピアで、四年ごとに開催されたゼウスをたたえる祭典（オリンピア祭）と同時に行われた、ゼウスに奉納《ほうのう》するスポーツ競技会がオリンピックの起源だからです。

日本の相撲《すもう》ももともとは神事で、寺の境内《けいだい》で行って奉納されるものでした。スポーツだけではありません。村祭りで演じられる「神楽《かぐら》」というものがあるように、あらゆる芸術や芸能も「神を楽しませる」ことから生まれてきたといえるでしょう。

つまり、政治、経済、芸能、文化、スポーツにいたるまで、もともとは神の存在なしには成り立たないものでした。

しかし、そのことを、日本人は戦後五十年以上のあいだに一度でも考えたことがあるでしょうか。

戦争中の国家《こっか》神道《しんとう》の強制《きょうせい》のリアクションかもしれませんが、戦後、宗教と名のつくものはみな危ないという感じで、神というものを意識的に外《はず》してきました。それなら、オリンピックでも聖火台といわずに、点火台といえばいいわけです。日本人にとっては、聖なるランナーがオリンピアから聖火を運んでくるという意味はないわけですから。

少なくとも、そういう神への信頼という絆《きずな》で、アメリカの社会全体は横につながっています。もちろん、アメリカにも教会へ行かない人もいますし、神を意識しない人もいるでしょう。

それでも、キリスト教文化のモラルという、神を信じるというタテマエにおいて、欧米の社会は貫《つらぬ》かれているといえます。その絆というものは、たんに愛国心とか、民主主義を信じるとか、あるいはヒューマニティーとかいう問題ではありません。

神の意志としてのビジネス

一方、日本人は民主主義をシステムとして考え、また市場原理をシステムとしてしか考えていない。欧米人のように、その背後に神の存在があるとは考えてはいないのです。

アメリカの企業《きぎょう》経営者が大リストラをやるとき、信念や理想や自信をもってやれるのはなぜでしょうか。それは、彼らにとって、リストラをすることが人間社会の正義だからではなく、神の正義だと信じているからだと思います。

そうなると、日本へやってくる外国の強引《ごういん》なビジネスマンに対して、日本のビジネスマンがはたして太刀《たち》打《う》ちできるでしょうか。

日本のビジネスマンたちはビジネスの論理で相手に立ち向かいます。簡単にいうと金儲《かねもう》けです。しかし、金儲けということはどこか恥ずかしいもの、という観念がある。一方、外国のビジネスマンたちは、市場原理を世界に広げるために日本へやってくる。後進国である日本に市場原理を教えることは、彼らにとってはミッション（使命）なのです。

このミッションというのは、神の意志を伝えることにほかなりません。彼らは背中に神の後光《ごこう》を背負い、胸を張って、金融機関でもリゾート施設でもなんでも安く買おうとする。日本人にしてみれば、アメリカの資本がまるで叩《たた》き売りのバナナのように、日本のものを安く買っているように感じてしまうわけです。

けれども、彼らは神の意志を後進国に広げるためのミッションとして、堂々とそういう強欲《ごうよく》なビジネスをやっている。ミッションという意識をもつ人に対して、日本人がいくらがんばっても、ビジネスの論理ではとうてい太刀打ちできません。なぜなら、信念がちがうからです。立派なことをやっていると信じている人に対して、自分らは金儲けといううしろめたいことをやっていると考えている人では、最初から勝負にならない。

アメリカの貨幣やドル紙幣には、「IN GOD WE TRUST（神の御名《みな》のもとに）」と書かれています。「イン・ゴッド・ウィ・トラスト」の「ゴッド」とはいうまでもなくキリスト教の神、すなわち一神教の神です。

一神教というのは唯一《ゆいいつ》の神への信仰ですから、異教の神は認《みと》めません。つまり、正義か不正かということになってくる。そこから出てくるのは、不正討《う》つべしという論理です。これは、異教徒を討つという十字軍の論理だといえるでしょう。その一神教的キリスト教の論理というものが、近代西欧社会には深く根づいている。

また、マックス・ウェーバーがいうように、近代の資本主義の精神というものはプロテスタンティズムの倫理《りんり》と深いかかわりをもっています。それによってできあがった欧米のシステムが、強大な経済的な力と軍事的な力をもつことによって全地球を支配していった。これが近代の歴史というものだと思います。そう考えなければどうにもならないところにまで、すでにきているのではないでしょうか。

「罪深い」自己の自覚から

いま、日本は大きな曲がり角に直面しています。しかし、そのことを日本人はほとんど理解していないのではないか、と思えてしまうのです。

日本人は明治から百数十年のあいだ、ヨーロッパの文化や経済や政治や技術など、あらゆるものを学んできました。そのため、日本は翻訳文化が進んでいて、素晴らしい水準に到達しています。

ある人が冗談まじりにこんな話をしていました。本家のフランスではポール・ヴァレリー全集が絶版《ぜっぱん》になってしまっている。ただし、日本語版は刊行されているので、ヴァレリーを読みたければ日本語を勉強すればいい、というのです。また、クラシック音楽の世界でも、小沢征爾《おざわせいじ》さんがウィーン国立歌劇場の音楽監督に就任して、ウィーンを熱狂させる時代になった。そのことを否定するつもりはありません。

しかし、日本人は明治以来、欧米の文化をきちんと理解してきたのでしょうか。いちばん大事なところには目をつぶってごまかしてきたのではないか。見えない「魂《たましい》」の部分には触《ふ》れないままで、浅いところでやってきたのではないか。私には、やはりそんな気がしてならないのです。

明治以降に来日したある〝お雇《やと》い外国人〟の学者が、退任して日本を離《はな》れる送別会の席で、こんな話をしたそうです。

私は日本を愛している、日本にきてよかったと思う。ただ、ひとつ残念でならないのは、日本の人たちは欧米文化というものをいわば美しい花のように感じて、その花の茎《くき》から上をちょん切って自分のものにしようとする。その茎の下には見えない根があり、土のなかに広がっていて、それが花を支えているということを考えようとしない。これはじつに残念なことだ、と。

この外国人学者が言ったとおり、日本人は見えるものしか理解しようとしてこなかったのではないでしょうか。

だからこそ、見えないものが大事だという感覚を、いま取り戻さなければいけないと思うのです。昔の日本人には、たしかに見えないものへの感覚があった。庶民のあいだには、「天人倶《てんにんとも》に許さざる」とか「天罰が当たる」とかいう考えかたがたしかにあったのです。誰が罰をあたえるのかというと、代官でもなければ奉行所《ぶぎょうしょ》でもない。それは、「天」という見えないものなのです。

ルース・ベネディクトが書いた『菊《きく》と刀《かたな》』という日本人論は、名著《めいちょ》として知られています。しかし、そのなかの有名な「日本人は恥《はじ》を知る民族であるが、罪を知らない」というような言いかたは誤っていると私は思います。

日本には十二、三世紀に法然《ほうねん》や親鸞《しんらん》が登場して、ヨーロッパで十六世紀に宗教改革が起こるよりもはるかに早く、宗教改革を進めました。

彼らは「罪業深重《ざいごうじんじゅう》の身」「罪深きわれら」という自覚を大事なこととしました。その結果、多くの庶民たちが雪崩《なだれ》を打つように念仏《ねんぶつ》の徒《と》となって、罪深き自己の自覚に徹し、念仏という形で生きる道を模索《もさく》してきたのです。

この「罪深き自己の自覚」というのは、武士階級にあった「武士道」という思想とはちがいます。武士道はそれこそ恥をそそぐ論理、他者に対して恥をかかないという論理でした。しかし、武士道にしても茶道という美意識《びいしき》にしても、いわば新興階級や上流階級のたしなみにすぎません。

「わび・さび」とかいいますが、現在の価値で考えて一個が何千万円もするような茶わんで茶を飲んで、どこが「わび・さび」なのでしょうか。農民たちが「わび・さび」といわれたところで、ピンとこないのは当然です。武士道もそれと同じことです。

しかし小市民階級や農民や大衆のあいだに広がっていたものは、「罪深きわれら」という意識であり、「罰が当たる」「天が許さない」という感覚だったのです。

「宗教」をあいまいにしてきた日本人

日本人は契約《けいやく》などに対していい加減だ、アンフェアだといわれます。これも、西欧人は罪の自覚に基づいて行動するが、日本人はそうではないとする、『菊と刀』の「罪の文化」と「恥の文化」という類型論《るいけいろん》によるものでしょう。

ただ、西欧人が考える「アンフェア」とは、日本人が考えるような、仲間を裏切るとか商売の取引先をだますということではありません。欧米の人びとにとって契約というのは、背後の神に対して約束をする神聖なものです。その神聖なものを冒瀆《ぼうとく》するような行為をすれば、自分だけでなく神をもだましたことになる。彼らはそう考えるのです。

そのため、アンフェアという言葉の響《ひび》きには、私たち日本人が想像する以上に重いものがある。そのなかに、神の深い裁きというニュアンスを含むからでしょう。

明治の日本人でも、夏目漱石《なつめそうせき》などはそういうことに早くから気づいていました。彼は「欧米の猿真似《さるまね》をして」とか「われわれは上滑《うわすべ》りに滑っていかざるをえない」といっています。

つまり、彼には自分たちのやっていることが、イミテーションにすぎないとわかっていた。それでも、いまはやらざるをえないのだ、と自分に言いきかせる。

英文学を学んだ夏目漱石は、それをモデルにして日本の小説を書こうとして絶望する。それはできない、とわかったからです。なぜ書けないのか。神という存在をもたない日本人には、欧米の小説の構造は実現不可能だ、と彼は考えたのでしょう。

結局、夏目漱石は、欧米の構造的な小説を手本にせず、『草枕《くさまくら》』のように俳句《はいく》や漢文の世界を生かした不思議な小説を試《こころ》みます。

それにもかかわらず、いまの日本人は相変《あいか》わらず根幹《こんかん》にある大事なもの、核心にあるものを避けて通って、うわべを真似しているにすぎないのではないか。戦後五十年以上すぎても、まだその自覚が乏しいのではないか。

根幹にある大事なものとは、前述したように「宗教」ということです。宗教というものは、政治や文学や芸術などと並べて考えられるものではありません。これは、私たちの生存の根幹にもかかわる大事な問題だといえるでしょう。

よく「アイデンティティ」という言葉が使われています。ＩＤカード（Identification Card）は身分証明書と訳されているので、「あなたのアイデンティティは？」ときかれると、「ＮＨＫの職員です」とか「三菱《みつびし》重工に勤めています」とか答える人が多いようです。

しかし、本当の意味でのその人のアイデンティティというのは、勤務先のことではありません。あなたはクリスチャンか、モスリムか、ヒンドゥーか、ブッディストか、ということが問われているわけです。つまり、アイデンティティとは、その人がなにを精神的な拠《よ》りどころにしているのかということです。

日本人はそうきかれると、「なにも信じていません」とか「無宗教です」というように答えることが多い。これでは、自分はクリスチャンだとはっきり自覚をし、これは神のミッションだという意識をもつ人とビジネスの世界で向き合う場合に、最初からハンディキャップを背負っているようなものです。

私はこう思うのです。一年に一回、お盆《ぼん》のときにだけ田舎《いなか》へ帰ってお墓参《はかまい》りをする人も、「ブッディストです」と答えればいいじゃないか。もし、伊勢《いせ》神宮《じんぐう》にお参りしたり、明治神宮に参詣《さんけい》したことがあるなら「神道です」と言えばいい。もし、気功《きこう》の治療を受けているのだったら「タオイストです」と言う。

そう答えることで、相手と対等の土俵《どひょう》にのぼれるのです。「無宗教です」と答えるのでは、同じ土俵にのぼっていないといわざるをえません。

日本人は明治以降ずっと、欧米をモデルにして自分たちの文化をつくってきました。欧米をモデルにする以上は、やはりその土台にあるものを受けいれて、同じ土俵にあがらなければいけないのではないでしょうか。

欧米だけでなく、イスラム圏《けん》や、インドやその他の国々に対してもそれは同じです。どこの国にも、それなりの信仰と神の存在があるからです。

「魂」を無視してきた近代化の誤り

一般に日本という国は、キリスト教でもイスラム教でもヒンドゥー教でも仏教でもないあいまいなグループとして見られています。それはよくわかります。簡単にいうと、日本人は無宗教グループという見かたをされているのでしょう。

さて、そういう国に未来はあるか、ということを考えるとどうでしょうか。

私は、これまで日本人があいまいにしてきて、マイナスだと考えていたところをきちんとしていけば、世界を救う大きな力になる可能性があると思っています。日本人の最大の盲点《もうてん》、あるいは欠点だといわれていたところが、じつは大きな長所である。

それはなにかというと、前述したシンクレティズムとアニミズムなのです。

いま、世界の政治や経済、その他すべてのシステムは、証明されざるもの、見えないものへの信頼に基づいて成り立っています。ある意味では壮大なフィクションだといえるでしょう。もし、それを信じないとなると、政治も経済も成り立たない、ということになってしまう。

科学にもカオスの理論などいろいろあります。というのも、人間が行う実験というのははたして信頼できるのか、という問題があるわけです。最終的には、人間が数字などを見て人間の判断で推論《すいろん》していく。そうなると、やはり神への信頼がなければ科学というものは成り立たないのではないか。

デカルトは、科学の範囲と宗教の範囲とを峻別《しゅんべつ》しました。人間はこのあたりまでは科学で考えるが、ここから向こうは神の領域であるというふうに分けたのです。その結果、それぞれの守備範囲がはっきりして、おたがいに干渉《かんしょう》せず自由にやっていけるようになった。それが、近代科学の発展の大きな礎石《そせき》になったのでした。

そう考えると、科学の背景にも神に対する信頼が厳《げん》としてあるのです。しかし、このことに日本人は気づいていない。科学的態度というのは神を否定することだと考えたり、見えないものを信用しないことが科学的姿勢だと誤解している。

しかし、じつは科学そのものが、見えないものへの無限《むげん》の信頼の上に成り立っているわけです。そのことを学ばなければ、日本人は間違《まちが》った欧米文明や文化を摂取《せっしゅ》したことになってしまうでしょう。

少なくとも、十九世紀、二十世紀の世界というものは、欧米の近代によって形成されてきています。それを、日本人は否応《いやおう》なしに受けとめざるをえませんでした。ただし、その受けとめかたには根本的な問題があったのではないか。そんなふうに思えるのです。

たとえば、音楽ということを考えてみましょう。

アメリカでゴスペルが盛んだというので、日本でもゴスペルソングの愛好者が年々増えているようです。リズムがおもしろいとか、みんなでうたえて楽しいとか、たぶんそういった理由だろうと思います。

しかし、ゴスペルソングというのは基本的には讃美歌《さんびか》です。日本でいうと、御詠歌《ごえいか》のようなもの、つまり、神に対する祈りが音楽的な形をとったものです。それが歌になり、リズムになり、踊りになっていく。

ついには精神が高揚《こうよう》し、宗教的陶酔《とうすい》のなかで失神する人さえ出てくる。そういう形でうたわれるのがゴスペルソングです。

ですから、アメリカでゴスペルソングのグループに入《はい》るためには、キリストへの強い信仰がなければならない。そして、「ハレルヤ」とか「アーメン」というかけ声が、合いの手のように入ります。

日本にもそういう伝統はたくさんありました。いまも行われている坂東《ばんどう》流の念仏というものは、浄土真宗《じょうどしんしゅう》の門徒《もんと》たちが体を揺すりながら「南無阿弥陀仏《なむあみだぶつ》」ととなえます。人びとが念仏をとなえながら、体を動かして宗教的法悦《ほうえつ》を味わう。まさに、教会でゴスペルソングを合唱して踊るようなものだといえるでしょう。

また、若い人のあいだでラップという音楽が流行《はや》っていますが、時宗《じしゅう》の開祖《かいそ》である一遍《いっぺん》が広めた「念仏踊り」などは、まさにラップでした。一遍の伝記を読むと、彼が信州のお寺で念仏踊りの興行をしたことが書かれています。みんな胸をはだけ、下半身をむきだしにして狂ったように踊り、ついには床を踏《ふ》み抜いたというのです。

ということは、当時の念仏踊りというものは、決してゆったりとした優雅《ゆうが》な踊りなどではなかったわけです。いまならディスコで踊るダンスのようなものだったのでしょう。

そもそも宗教とはそういうものだろう、と私は思うのです。

「洋才」には必ず「洋魂」がある。私がくり返しずっといっていることのひとつが、この「洋才の背後には洋魂がある」ということなのです。

ゴスペルソングも、そこにこめられた「洋魂」をまるごとうたわなければ、真の意味で、肉体の根源から感動することはできないのではないでしょうか。

運命の共同体としての家族

「働く女」としての母親像

生まれたばかりの鳥のヒナは、目を開けたときに最初に見た動くもののあとをついてまわる、という話があります。それを自分の母親だと思いこむ、ということらしい。

この話がはたしてどこまで本当なのか、私にはわかりません。でも、カルガモの小さなヒナたちが、一所懸命に母鳥のうしろを追いかけている様子などを見ると、本当の話だと思いたくなってしまいます。

このように、生き物にとっては、生まれてきて最初に出会うものが母親であり、自分を育ててくれる人であることが多いわけです。

母親との出会いかたというのは、その人の一生に大きな影響を及ぼすのではないか。ついそんなことを考えてしまいます。

私は昭和七年（一九三二年）に、九州の福岡県の地方の村で生まれました。母親は、福岡の女子師範《しはん》学校を卒業後、福岡県内の小学校の教師をしていて、私が小学五、六年になるころまでずっと仕事をつづけていました。つまり、私にとって母親のイメージというのは「働く女」だったわけです。

母親と離《はな》れている時間が多いと、子どもはどうしても早くから自立しなければいけません。そう考えると、やはり自分の母親が職業婦人だった、働く女だったというのは、運命的なことだったという気がします。

そんな母が、たまたま同じ小学校に赴任《ふにん》していた父と出会う。そこで二人は親しくなり、恋愛して結婚する。そして私が生まれる、ということになるわけです。

父は母よりひと足早く、当時の植民地だった朝鮮半島の学校へ赴任していました。母はおそらく、自分の郷里《きょうり》である福岡県で私を産みたかったのでしょう。そのころは「内地」と呼ばれていたのですが、本土で出産してから、赤ん坊である私を連れて父の待つ朝鮮半島へ渡ったのです。

ですから、私は物心《ものごころ》ついたとき、すでに朝鮮半島にいました。最初は論山《ノルサン》という地方都市で、母もそこの小学校に勤めていました。

論山という町も、いまでは一変してしまっていることでしょう。あのころは小さな町で、アカシアがたくさん繁《しげ》っていました。私が学校へ通《かよ》った道の両側にも、アカシアの巨木があったのをよくおぼえています。

初夏のころになると、アカシアの青白い花びらが散って、道の上が一面に花びらで敷きつめられたようになっていました。アカシアの花は、付け根の部分をなめると甘い蜜《みつ》の味がします。それで、よく次から次へと花を取ってなめていたものです。

また、そのころには私の下に弟が一人生まれていました。おそらく私が四歳か五歳か、それくらいのときだったのでしょう。

母が勤めていた小学校は、私たちが住む家から十分か二十分ぐらい離れたところにありました。当時の記憶のなかに残っている母というのは、朝、カバンをさげて、「じゃ、行ってきます」といって出かけていく姿です。

そんな母親のうしろ姿を見送ったあと、残された私は、朝鮮人の少女、おねえさんに子守りをしてもらう。そして、母親が帰ってくるまで、一日うちで遊んでいるわけです。スズメの巣に手を突っこんで卵を取ったり、飼《か》っていた「チル」という名前の犬と走りまわったり、そんなふうに退屈もせずに機嫌《きげん》よく遊びまわっていました。そして、夕方になると、母親が帰ってくるのを待つ。

ところが、ときどき母の帰りがいつもより遅い日があるのです。暮れがたになっても帰ってこない。どうしているんだろう、と気がかりになって、母の小学校まで迎えに行ってみることもありました。

すると、校舎のなかに明かりがついている。背伸びをしてそっと窓ぎわからのぞきこむと、職員会議が行われていて、まだずっとつづいているのです。そこで母親がなにかメモをとりながら、うなずいていたりする姿を見ることもある。

ふだんの日の昼間、遊びがてらにその小学校へ行くこともありました。そんなとき、母親は校庭でオルガンを弾《ひ》きながら、子どもたちに歌をうたわせていたりする。

昔の先生というのは、いろいろなことを教えていました。ですから、母親がオルガンを弾く姿も見れば、体操を教えている姿も見ました。和裁《わさい》とか裁縫《さいほう》も上手《じょうず》だったので、子どもたちによく教えていたようです。

母親が帰宅して食事が終わり、眠っていて夜中にふと起きあがると、まだ起きている母の姿を見ることがありました。そんなとき、母は部屋の片隅《かたすみ》で夜なべで試験の採点をしていたり、通信簿《つうしんぼ》をつけていたりする。なにか書類を広げて一所懸命にペンを走らせているのです。

このように、小さいときから私が見ている母親の姿は、働いている女性であり、スーツを着ていた人でした。当時、職業をもつ母親というのは、まだ少なかったのではないでしょうか。そのなかで、スーツを着て、踵《かかと》がそんなに高くない中ヒールの靴をはいて、カバンをさげて歩く母。タッ、タッ、タッ、と靴音を響《ひび》かせて出かけていく姿や、カバンをさげて帰ってくる姿が、強く印象《いんしょう》に残っています。

母はときどき丸形の眼鏡《めがね》をかけることもありました。まさに、学校の先生、職業婦人といった感じで、いまならキャリアウーマン、ということになるのでしょう。

やはり、最初に出会った女性である母親が、家庭にいる専業主婦ではなくて、働く女性だったということは、私に大きな影響をあたえていると思います。

なにしろ、物心ついたときからずっと、女の人というのはそういうふうに働いていているものだ、というイメージしかなかったのです。職業をもって働く母親の姿が、刷《す》りこまれてしまっている。母親のふところに抱《いだ》かれてべたべたと甘えたということも、ふだんはほとんどありませんでした。

当時、父は少し離れた別の町の小学校に勤めていました。おそらく、単身赴任のようにしていて、土日になると家に帰っていたのでしょう。

その論山《ノルサン》という町にいたとき、私のすぐ下の弟が重い病気にかかったのです。丹毒《たんどく》という病気だったようです。

そのときの母の様子はいまもおぼえています。熱をとるにはドジョウがよく効《き》くと教えられて、母は一所懸命にあちこちからドジョウをたくさん集めてきました。その腹を割《さ》いて、弟の額《ひたい》に貼《は》りつけては、何度も何度も取り替えるのです。なんとか熱を下げようとして、そうやってずっと手当てをしていた。しかし、その甲斐《かい》もなく弟は亡くなりました。

もうひとつ、当時のことではっきりおぼえていることがあります。うちで可愛《かわい》がっていた飼い犬のチルに、私が指を咬《か》まれたのです。血が出るほど強く咬まれたのですが、その傷の痛さよりも、愛犬に咬まれたというショックのほうが大きかったような気がします。

周りの人たちは、これくらいなら大丈夫だろうと言ったようですが、母は、医者に診《み》せてワクチンを打ってもらう、と一人でがんばりました。私が狂犬病にかかるのを恐れていたのでしょう。私を医者に連れていったのです。

結局、一回だけではなく、ずいぶん通《かよ》ってワクチンを打ってもらいました。さいわいなんともなかったのですが、そのことはいまでもはっきりと記憶に残っています。犬に咬まれたから傷の手当てをする、ということだけではなくて、狂犬病というものがあるからワクチンを打つべきだ、と主張した母。そういうところには、やはり教育者の面影《おもかげ》があるな、と思ったりもします。

「物語る」ことへの欲求《よっきゅう》の芽ばえ

その後、私が学齢期《がくれいき》に達する少し前だったと思いますが、もっと辺鄙《へんぴ》な村に引っ越すことになりました。というのは、父親が、そこにある普通学校、つまり当時の朝鮮人だけの小学校に、校長として赴任《ふにん》することになったからです。

内地にいれば、まだ地方の小学校の一教師にすぎないだろう日本人も、当時、植民地へ行けば、若くても出世《しゅっせ》して校長になれる、ということがありました。

そのため、日本では報《むく》われない人たちが、新天地をもとめて植民地へきていたのです。前にも書きましたが、とくに私の父はノンキャリでしたし、卒業したのが新興の師範学校だったので、当時、内地にいたら、その学校を出ているぐらいでは、なかなか校長にはなれなかったのでしょう。

引っ越した先は、恐ろしいほどの寒村《かんそん》でした。私の家族を別にすると、日本人は村の駐在所《ちゅうざいしょ》の巡査夫婦だけでした。あとは、もちろん朝鮮の人たちばかりです。当時、日本政府は朝鮮の人たちに日本語を話すように強制《きょうせい》していたのですが、そんな状況ですから、そこでは日本語を使う朝鮮人はほとんどいませんでした。

もちろん、周りに一緒に遊べる日本人の子どもなどもいない。その代わりに、地元の子どもたちがよく遊びにきました。彼らは、私がもっている漫画の本を見せてほしい、とせがむわけです。それで、少し優越感《ゆうえつかん》をもって見せてやったりする。

いまなら、さしずめテレビゲームを一人だけもっているようなものでしょう。次第《しだい》に彼らと仲良くなって、一緒に近くの池に魚釣りに行ったり、村のお祭りに顔を出したりしました。遊び相手は、同年配の朝鮮人の子どもたちだったのです。

そういうとき、私が使うのは日本語だけです。一方、彼らのほうは日本語をほとんど使わない。日本語を強制されてはいても、日本人がほとんど誰《だれ》もいないのですから、当然、彼ら同士はいつも朝鮮語で話しているわけです。

しかし、一緒に遊んでいるうちに、私のほうも朝鮮語を片言《かたこと》で少しはおぼえますし、向こうも日本語を教えられているので、片言の日本語はわかります。コミュニケーションにはさほど問題なかったような気がします。

そのころの話はよく書くのですが、ある老人の姿が記憶に焼きついています。夏、朝鮮松の赤い松林がずっとつづく街道があって、その白いほこりが立つ道端《みちばた》の日陰に、一人の老人がしゃがみこんでいる。朝鮮の白い着物を着て、帽子《ぼうし》をかぶって、長い煙管《きせる》をもっているのです。

その老人の目の前には、古文書《こもんじょ》のような本が広げられていました。左右《さゆう》が五十センチもありそうな大きな本です。その本の上のほうには絵が描《か》いてあり、下のほうには文章が書いてありました。それがハングルなのか、どういう文字なのかよくわかりませんが、日本語でないことはたしかでした。

その本のページを煙管《きせる》でめくりながら、その老人は辻講釈師《つじこうしゃくし》のように、うたうような口ぶりで物語を語っていくのです。たぶん、古い朝鮮の物語だったのでしょう。『春香伝《しゅんこうでん》』とかそういうものかもしれません。

老人が語っている前には、村のおじさんやおばさんたち、あるいは子どもも五、六人しゃがみこんでいる。犬も一緒に座りこんでいる。みんなが日陰に座って、その老人のゆったりした絵解《えと》きというか、物語を聴《き》いているわけです。

そうしていると、途中で物売りの人もやってくる。「チゲ」と呼ばれていた背負子《しょいこ》のようなものの上に石油缶をのせて、冷たい水を張って、そのなかに豆腐《とうふ》をいれてある。

老人の語りを聴いている人たちは、その豆腐売りを呼びとめて、水で冷えた豆腐を買う。その冷たい豆腐をてのひらにのせて、端っこからかじっていく。そうしながら、またその老人の話を熱心に聴く。

そんなふうに牧歌的《ぼっかてき》な光景が、いまでも強く印象に残っています。おそらく、日本で人気があった紙芝居《かみしばい》みたいなものだったのでしょう。

物語の山場にくると、老人がその情景をいきいきと声で描《えが》きだす。そのたびに、お客さんたちは笑い声を立て、身を乗りだし、いったい次はどうなる、というふうにのぞきこんだりする。子どもも大人も、男も女も、みんながため息をついたり、おーっと手を打ったりしながら老人の物語に引きこまれている。

そして、最後に悪人がやっつけられると、みんなで、やったやった、と喜んだりするわけです。物語の名前はもう忘れてしまいましたが、あれは、たしかにその村での印象的な出来事でした。

老人の話を聴きながら、子どもながらにああいう仕事はいいな、おもしろいだろうな、と感じたことを記憶しています。

ひょっとすると、私の「物語」への欲求《よっきゅう》、あるいは「物語る」ということへの欲求が芽ばえたのは、あのときだったのかもしれません。

そのころ、家には母親の本棚がありました。私はよくその本棚から勝手に本をひっぱりだしては、読んでいました。まず「谷崎源氏《たにざきげんじ》」がありました。谷崎潤一郎《じゅんいちろう》の『源氏物語』の現代語訳です。分厚い本で、母親もよく読んでいたとみえて、あちこちに折り目がついていました。

それからパール・バックの『大地』があった。これは私が愛読した一冊です。とくに一巻目がおもしろい。夢中になって読みました。主人公の王龍《ワンロン》とか梨花《リーホワ》とか、登場人物のことなどもまざまざと思い出すほどです。二巻目にいくと少し退屈になりましたが。

また、『小島の春』という有名なベストセラーもありました。林芙美子《はやしふみこ》の本があったり、森田《もりた》たまという人の『もめん随筆《ずいひつ》』というのもありました。林芙美子の本は、そのころはじめて読みました。

和辻哲郎《わつじてつろう》の『古寺巡礼《こじじゅんれい》』やモーパッサンの『女の一生』などもあった。これも当時、非常に流行した本です。モーパッサンの『女の一生』などは、わからないなりに一所懸命読みました。小学生から中学生になったばかりのころですから、読んでも理解できるわけはないのですが、とにかく活字を読むのが好きだったのです。

こんなふうに、母の本棚には小説やエッセイ類がたくさんあった。対照的に、父親の本棚にはむずかしそうな哲学書とか、平田篤胤《ひらたあつたね》や賀茂真淵《かものまぶち》などの国学関係の本が多かった気がします。

敗戦直後に母を失って

その寒村での日々をすごしながら、母親は、一日も早くここを離れたい、と思っていたようなのです。恐ろしい、というようなことを言っていました。こういう寂しい場所で、現地の人びとのなかで、植民者の一家族として暮らしていることが、なんとなく不安だったのでしょう。それが、言葉の端ばしから感じられました。

やがて、私たちの家族はその寒村を引き揚げて、いまのソウルへ移ることになりました。

当時、ソウルは大都会です。父はそれまでの普通学校の教師から、ソウルの南大門《なんだいもん》小学校という、当時の朝鮮ではナンバー・ワンの名門校の教師になった。つまり、出世の階段をまた何段かのぼったわけです。

母のほうも、そのときはまたどこかの学校に勤めていました。私はソウルで小学校に入《はい》ったのですが、なぜか二度ほど転校しています。

ソウルでは官舎《かんしゃ》に暮らしていました。当時のソウルには「三越《みつこし》」もあれば、映画館もありました。とてもにぎやかな大都会だったのです。日曜日には、家族連れでレストランへ行って食事をしたりしました。

ソウルのステーションホテルというのはヨーロッパ的なホテルで、あのころすでに水洗トイレがついていました。レストランには蝶《ちょう》ネクタイのウエイターがいて、テーブルにはまっ白なテーブルクロスがかけられていて、ナイフとフォークでフランス料理を食べる、という感じです。

それは驚くようなことではなくて、戦争がはじまってからも、外地ではまだそういう状況がつづいていたのです。いわゆる植民者という人びとが出入りする場所、ハイソサエティのための特別な場所として存在《そんざい》していたわけです。

また、近くを漢江《ハンガン》という大きな河が流れていて、冬になると水面が凍結する。そこにスケート靴をもっていって滑った思い出もあります。

ソウルに引っ越してからも、父は相変《あいか》わらず勉強をつづけていました。南大門小学校で教えるかたわら、またいろんな検定試験を受けて合格したのでしょう。さらに、ソウルからピョンヤンへ移ることになりました。

たしか、平壌《へいじょう》師範学校の高等部というのがあって、父はそこの教官になったようです。おそらく、当時の旧制中学よりも少し上くらいのものでしょうか。

母は平壌にきてから、山手《やまて》小学校という小学校に勤めました。私はそれまで小学校を二回もかわっているのですが、母が教えている山手小学校に移ったのです。

そのころはもう、太平洋戦争がはじまっていました。山本五十六《やまもといそろく》という海軍の連合艦隊司令長官が戦死したときのことは、よくおぼえています。彼は飛行機に乗って前線を視察中《しさつちゅう》に、アメリカの飛行機に撃墜《げきつい》されたのでした。

当時の日本では、山本五十六という人は大変な英雄でしたから、彼の戦死のニュースが伝わると、大きなショックが走りました。

それを新聞で見た母親が、ひょっとしたら日本は敗《ま》けるんじゃないかしら、とつぶやいたのです。すると父親は激怒して、そういうことを言うのは非国民《ひこくみん》だ、と母親をいきなりバーンと殴《なぐ》りました。

当時の日本の社会では、男が女を殴るというのは、そんなに珍しいことではなかった。親は子を殴るし、学校の教師が生徒を殴るのは当たり前でした。軍隊ではもちろんそうですし、妻を殴る男というのもごくふつうの存在だったのです。いまなら、家庭内暴力ということで、大きな問題になるところですが。

しかし、あとで考えてみると、日本は敗けるんじゃないかしら、と言った母親の直感がやはり当たっていたわけです。父親はいろいろ戦局の解説などをして、最後まで日本が敗けるとは思っていなかった。日本の勝利を信じきっていた。

女の人の直感というのはすごいものだ、と思わずにはいられません。

母は平壌で私の弟を産み、さらに敗戦の前に妹を産みました。そのあとずっと体調がすぐれず、学校も休職していました。そして、敗戦後の時期も、具合が悪くて家で寝こんでいるような状態でした。

おそらく、消化器系の病気だったのでしょうか。具合が悪いとき、母はよく重曹《じゅうそう》を飲んでいましたが、胃酸過多《いさんかた》の状態になったときに、重曹を飲んで中和させたのだと思います。胃潰瘍《いかいよう》か、あるいは胃癌《いがん》だったのかもしれません。

昔ですから、額《ひたい》に白い膏薬《こうやく》を貼《は》ったりして、手で額を押さえながら痛みに耐えている母親の姿をよくおぼえています。どちらかというと、ふだんは円満な性格でおだやかな人だったのですが、あの敗戦の前後というのは、やはり病身の母にとっては、非常にきつかったのではないでしょうか。

敗戦後、ソ連軍が入ってきます。いろいろなことがあって、私たちは家を接収《せっしゅう》されてしまいました。リヤカーに病気の母親をのせて、雨のなかを、泊めてくれる宿《やど》を探《さが》して歩きまわらざるをえませんでした。

ようやく、日本人がたくさん集まっている場所に世話になることができました。けれども母親は、まったく食べ物も口にせず、薬も飲まず、まるで自分の死期を決めているような雰囲気《ふんいき》だったのです。

それから間もなくして母親は亡くなりました。

そんなことがあったあと、母の遺骨の代わりに遺髪《いはつ》をもって、私たちはようやく日本へ引き揚げてくることになったのです。

親と子の関係は運命か

引き揚げてきて私が福岡で暮らしているとき、「あんた、持丸《もちまる》先生の息子《むすこ》さんじゃなかと？」と見知らぬ人によく声をかけられました。私が「そうです」と答えると、相手はなつかしそうに、「いやあ、あんたのお母さんの持丸先生にはこういうことがあって、ああいうことがあって」と話しはじめる。

いろいろな人にそうやって母の話をきかされたものです。みんな母が福岡で教えていたころの教え子だったのでしょう。生徒にずいぶん親しまれていた教師だったのだろうと思います。

そういえば、こんなこともありました。

あるとき、たまたま被差別の集落の前を通りかかったのです。私の姿を見かけて、誰かが「あの人は持丸さんの息子さんだ」と言うと、一軒の家のおばさんが、しきりに「うちにあがって、ごはんを食べていきなさい」とすすめるのです。引揚者《ひきあげしゃ》の私はいつもおなかを空《す》かせていましたから、言われるままにその家にあがりました。すると、その人は「昔、持丸先生に教わったことがある」と言ってこんな話をしてくれました。

ある日、その人が小学校にお弁当をもっていくとき、うっかり箸《はし》を忘れてしまったそうです。おむすびなどをもってきている人は、箸を使わなくても食べられるのですが、誰ひとり箸を貸そうとは言わなかった。

「そうしたら持丸先生が、私の箸を使いなさい、と言って貸してくれた。そのことがいまでも忘れられない」とその人は言って、「持丸先生の息子さんに会うとは……」と感無量《かんむりょう》の顔をされるのです。そして、「いつでもきなさい。ごはんを食べさせてあげるから」と言ってくれました。

そのとき、亡くなった母親はそんな人間だったのか、とあらためて思いました。その後、そこへ行くことはありませんでしたが、他にも「あなたのお母さんの教え子でした」という手紙などをよくもらったものです。

父親のほうは、どちらかというと意志的な人で、がんばり屋でしたし、剣道をやっていて体育会系の人でした。生徒から見ると、頼もしいが少し怖《こわ》い先生という印象があったようです。けれども、母親のほうはきっとやさしい先生だったのでしょう。

そういう二人が結婚して、その子どもとして私は生まれてきたわけです。やはり、そのことが私の性格を左右《さゆう》していると思わないわけにはいきません。

もちろん、私のなかには父親から受けついだもののもあれば、母親から受けついだもののもある。おそらく、父親からは実利的で意志的なものを受けついだのでしょう。逆に、母親からは情《じょう》といいますか、そういうものをたくさん受けついだという気がしてなりません。

とくに、物心《ものごころ》ついたときに自分の母親が職業婦人だったというのは、運命として決定的なことでした。なぜなら、私は仕事をする女の人が好きだからです。

巣をつくって、そこでヒナを育てることを専業とするような、やさしい家庭的な母親に対する憧《あこが》れはあまりない。むしろ、肩パッドの入ったスーツを着て、さっさと歩いていくような女の人が母親像だから、これは困ったものかもしれません。

そういうことは自分の一生に影響してきます。たとえば、自分のつれあいが職業をもつということも、私は当然のような気がしていました。つれあいが大学を卒業したあとで、医学部へ入り直して医師になる勉強をしたいと言ったときも、もちろん大賛成でした。

それは働いて家計を支えるため、ということではなくて、女性は仕事をするものだ、という意識があったからなのです。

こまめに世話を焼いて、お茶をいれてくれたりする女性もいます。でも、私はそういうタイプではなくて、目的をもってなにかをやっている女性に心惹《ひ》かれる傾向がある。それは、マザコンの結果といえるのかもしれません。

自分の運命というものは、自分でつくってきたように見える。ところが、このように、自分が生まれたときの母親の立場などに、一生左右されつづけるわけです。

つまり、自分の努力とか才能とか誠意とかだけでは、どうすることもできないものがある。その家に生まれた、その母親のもとに生まれた、ということのなかに、すでにそれはあるわけです。

私は、人間が努力してできるものには、どうしても限界があると思っています。もちろん、それでもやらなければならない、ということもある。努力を放棄《ほうき》していい、ということではない。しかし、いくら必死に努力しても、自力《じりき》でなんでもできると考えるのは、少し無理があるだろうという気がするのです。

努力しても、自力ではどうすることもできないものの第一が、「親を選べない」ということではないか。その親のもとに生まれてくる子どもがいくらがんばっても、自分の親を取りかえるわけにはいきません。もし別の家に養子に入ったとしても、それはあくまでも育ての親であって、生みの親はずっと生みの親なのです。

親との関係というのは、否応《いやおう》なく一生ついてまわる。自分のなかに働く女としての母親像があるということ。自分の生涯《しょうがい》を通じての女性観みたいなものにも、その母親像が大きく影響しているということ。そうしたことを考えると、人間というのは、自分の好みとはちがう決定的なものを背負いこんでいるのではないでしょうか。そして、そこにはやはり運命というものがあるのではないでしょうか。

生きる力をあたえてくれる「歌」

最近《さいきん》、私は日本人の「情《じょう》」ということを、さかんにあちこちで話すことが多くなりました。

前述したように、情はどちらかというと、私が母親から受けついだ感性だという気がしています。生前、音楽や詩をとても愛した母親のメンタリティーが、ずっと私のなかにも残っているのでしょう。母は、大正ロマンティシズムのなかで青春期をすごし、多少その影響を受けた人だったと思われます。

とくに、九州の筑後《ちくご》地方という場所は、古賀《こが》政男《まさお》に代表されるような、あるいは北《きた》原白秋《はらはくしゅう》に代表されるような「情感」の土地柄《とちがら》でもある。この二人がほとんど同じ地域の出身だというのも、おもしろいという気がします。

母親は自分でオルガンを弾《ひ》いて、歌をうたうのが好きな人でした。母親の本棚には、鈴木《すずき》三重吉《みえきち》の「赤い鳥」という雑誌もありましたし、川路柳虹《かわじりゅうこう》という人の詩集もありました。竹久夢二《たけひさゆめじ》の歌の楽譜などもあって、母は自分でもよくうたっていました。

音楽に関しては、私のなかにはどうも二つの流れがあるようです。ひとつは、母親がいつもオルガンを弾いたりうたったりしていたような、いわばヨーロッパ系の音階の音楽。もうひとつは、父親がいつもやっていた詩吟《しぎん》系統のメロディーや、『黒田節《くろだぶし》』や雅楽《ががく》などの日本の伝統的なメロディーです。

大正末期から昭和初期にかけて、北原白秋や野口雨情《のぐちうじょう》などが中心になって、新民謡運動や新童謡運動という活動をしていました。明治以降、古くから人びとにうたわれてきた日本の歌が消えていくのを見て、彼らはなんとかしようと考えました。その結果、新しい民謡や童謡をたくさんつくったのです。

私は小さいころから、母が口ずさむ北原白秋の『からたちの花』や『城ヶ島《じょうがしま》の雨』、竹久夢二の『宵待草《よいまちぐさ》』などの歌を聴《き》いて育ちました。これらは、当時のラジオ歌謡のような番組でもよくうたわれていました。

しかし、北原白秋は戦後は不遇《ふぐう》でした。というのも、戦後はずっと知的な詩の時代がつづき、白秋のように、情感とか言葉の音の響《ひび》きに強くこだわる人の詩が、古くさいものとして排撃《はいげき》されたからです。

それも無理《むり》はありません。たとえば、白秋と同様に抒情歌《じょじょうか》で知られる若山牧水《わかやまぼくすい》なども、やはり戦後はかえりみられることなく埋没《まいぼつ》した詩人だといえるでしょう。

竹久夢二も、私が作家としてデビューしたころまでは、感傷的な少女趣味の画家だといわれ、ついこのあいだまでは実際にそういう評価をされていました。それに反発して、私は竹久夢二を積極的に評価して「感傷的でなにが悪い」と主張したのです。

そのうちにいろいろな人たち、アナーキストで詩人の秋山清《あきやまきよし》さんなどが竹久夢二の再評価をするようになり、最近《さいきん》になって彼に対する評価はかなり変わってきたようです。

母親は北原白秋や竹久夢二の歌を好んでうたっていましたし、当時の東海林太郎《しょうじたろう》や佐藤惣之助《さとうそうのすけ》の歌などもうたっていました。『国境の町』とか『サーカスの唄《うた》』とか、あの時代のいろいろな名曲がありました。

それから、決定的に記憶に残っているのが『アリラン』と『トラジ』という朝鮮の歌です。日本人がほとんどいないあの寒村にいたころ、朝鮮人のお祭りのときには、アリラン峠を越えていくという歌を「アリラン、アリラン、アラリヨ、アリラン、コーゲル、ノモガンダ」と、いろんな人たちがうたっていました。

「トラジ、トラジ、トラジ、シムシム、サンチョネ、ペクトラジ」という歌もよく聴きました。トラジというのは桔梗《ききょう》です。桔梗は、いわば朝鮮民族にとっての心の花。「ペク」は朝鮮民族の色である白。つまり、「ペクトラジ」とは白い桔梗のことなのです。

この『アリラン』と『トラジ』の二つの歌は、当時の私の印象《いんしょう》と非常に強く結びついている。『アリラン』はどちらかというと朝鮮半島北部のほうの印象が強く、『トラジ』は南部のほうの印象が強いといえるでしょう。

最近、私は『こころの花』という歌の歌詞を書きました。『旅の終りに』という前《ぜん》進座《しんざ》の劇のなかでうたわれる歌で、白い桔梗に寄せる人びとの思いをこめたものです。いわば、私の幼児体験がこういう形でずっと尾を引いているともいえるでしょう。

一方、私が物心ついたときには、父親が好きだった頼山陽《らいさんよう》の詩とか乃木希典《のぎまれすけ》の詩とか、いろいろな詩をたくさんおぼえさせられていました。当時、父親がよく聴いていたレコードのなかにも、広沢虎造《ひろさわとらぞう》とか天中軒雲月《てんちゅうけんうんげつ》など浪曲師《ろうきょくし》のものがありました。

そのため、いまでも『佐渡情話《さどじょうわ》』や『森の石松』などは、すらすら言葉が出てくるくらい頭のなかに入っています。

浪花節《なにわぶし》の『天保水滸伝《てんぽうすいこでん》』とかその他のもので、名文句としておぼえた言葉もたくさんありました。当時の子どもたちにとっては、卑俗《ひぞく》な市井《しせい》の芸能のなかで学んだそういう言葉が、いわば一種の教養みたいなものになっていたのでしょう。

山本夏彦《やまもとなつひこ》さんに『寄せては返す波の音』というとてもユニークなエッセイ集があります。

もちろん、そのタイトルのゆえんは、私にはなじみのあるものでした。これは寿々《すず》木米若《きよねわか》が名調子でうたう『佐渡情話《さど》』という浪曲の有名な一節にあります。

佐渡へ佐渡へと草木もなびく　佐渡は居《い》よいか　住みよいか
歌で知られた佐渡ヶ島　寄せては返す波の音

立つは鷗《かもめ》か群れ千鳥　浜の小岩に佇《たたず》むは　若き男女の語り合い

子どものころにおぼえたこういう文句は、いまだにすっと口から出てきます。

この「寄せては返す波の音」とか、『天保水滸伝』に出てくる「利根《とね》の川風袂《たもと》にいれて月に棹《さお》さす高瀬舟《たかせぶね》」とか、新国劇『国定忠治《くにさだちゅうじ》』に出てくる「赤城《あかぎ》の山も今宵《こよい》限り」とか、こうした日本語の名調子とか名文句を、私たちは浪曲とか芝居とか講談とか落語から学んできたといえるでしょう。

ですから、日本の伝統的な文化として、こうしたものは非常に大事だと思うのです。絶対に無視してはいけないものだという気がします。

父親も、仲間を集めて宴会をやったり、正月の年賀にきたお客さんとお酒を飲むときには、よく歌をうたっていました。福岡の『黒田節』もうたえば、『白頭山節《はくとうさんぶし》』や『鴨緑江節《おうりよっこうぶし》』もうたう、という具合です。白頭山《ペクトサン》は朝鮮半島と中国との境《さかい》にある有名な山ですし、鴨緑江も国境沿いを流れている川です。

しかし、戦争中は歌も自由にうたえないような状況がありました。そして、敗戦と同時に、ようやくなにをうたってもいい、ということになる。当時の先輩の学生たちや中学生たちが、みんな堰《せき》を切ったように『別れのブルース』とか『湖畔《こはん》の宿』とか、そういう歌をうたいだしたものです。

そこでうたわれた股旅《またたび》ソングとか、昭和の少しモダンな歌謡曲などは、なんともいえず、私たちに自由と新鮮さと明るさを感じさせてくれました。それまでにも、日本の名曲といわれる歌はたくさんありましたが、とたんにそれが色あせたように感じられたほどです。

日本へ引き揚げる途中で、開城《ケソン》という街にあった収容所にいれられたときも、仁川《インチヨン》という街で待機していたときも、歌はつねに身近《みぢか》にありました。体を横にもできないような窮屈《きゆうくつ》なキャンプ生活のなかで、代わる代わるみんなで歌をうたって、演芸会のようなことをやったりしました。

当時はカラオケなどありませんから、周りの人間がいわゆる「口三味線《くちじやみせん》」で前奏の部分をうたう。「花も嵐《あらし》も踏み越えて」(『旅の夜風』)とか、みんなでよくうたった記憶があります。

引揚船《ひきあげせん》に乗ってからは、日本からきた船員が、いま日本ではこういう歌が流行《はや》っているといって、『リンゴの唄』とかいろいろな曲をきかせてくれました。

そうしているうちに、ようやく福岡の博多《はかた》港にたどりついた。ところが、検疫《けんえき》のために手間取っているのか、船が港外に停《と》められたまま、なかなか上陸できない。次第《しだい》にみんなもイライラしてくる。それを紛《まぎ》らわせるには、歌をうたうことくらいしかできません。そのため、上陸するまで毎晩、演芸会をやっていました。

日本からきた船員はいい服装をして、アコーディオンの伴奏に合わせて、最新の流行歌をうたったりタップダンスを踊ったりする。

一方、引揚者たちは食うや食わずで、ぼろぼろになりシラミだらけの衣服を着て、戦時中の歌謡曲をうたったりしていました。

極限状態に置かれた人間にとって、歌をうたうということは唯一《ゆいいつ》の娯楽《ごらく》です。どんなに悲惨《ひさん》な状況であっても、人間というものは娯楽なしには生きていけないということも、私はそのとき身にしみて知ったのでした。

第二次世界大戦中、アウシュヴィッツ強制収容所にいれられた人びとも、音楽やユーモアというものによって、生きのびる力を得ていたといいます。

そのアウシュヴィッツとはとても比較《ひかく》はできませんが、そういう卑俗《ひぞく》な歌がもつ力というものを、私もその時代につくづく感じました。歌というものは、人間が生きていくためのエネルギーになり、人間を慰《なぐさ》める力になり、倒れそうなときには支えにもなってくれるのです。

あの敗戦から引き揚げまでの日々、外地から日本へ帰ってくるまでの困難な日々のあいだ、私たちの心を支えてくれたのは歌でした。そして、そのときにうたわれた歌というのは、俗な流行歌であり歌謡曲だったのです。

それは教養がないせいだ、という人もいるでしょう。そういわれれば、そうかもしれません。ただし、バッハやモーツァルトの音楽がいくら素晴らしくても、みんなでうたうことはできません。

それに、私たち日本人にキリスト教的な感覚というか宗教的な感覚がなければ、バッハでもベートーヴェンでも、心から鳴り響く讃美歌《さんびか》にはなりえないのではないか。私にはそんなふうに思えるのです。

言葉による演奏家でありたい

いま、詩吟《しぎん》などというと、野暮《やぼ》で武骨《ぶこつ》なものだと思われてしまうでしょう。しかし、本当に上手《じょうず》な人がうたう詩吟というのは、うっとりするほど素晴らしいものです。

父親が可愛《かわい》がっていた師範学校の生徒で、日本に引き揚げてきた人に、詩吟の名手がいました。三橋美智也《みはしみちや》のような高音の美声の持ち主で、彼がうたうのを聴《き》くとみんな落涙《らくるい》したものです。音というものには、それくらい人を感動させる力がある。

子どものころから、詩というものを紙の上のテキストとしておぼえなかったことは、私はとてもよかったと思っています。

そのおかげで、いまでもいろんな詩をすらすら暗誦《あんしょう》できます。メロディーにのせておぼえた詩は、すぐに口をついて出てくるのです。私は小さいころ詩や歌を、耳で聴いて口ずさむものとしておぼえました。机の上で読むのではなく、和歌も朗詠《ろうえい》として声を出してうたう。詩も詩吟として声を出してうたう。

ときには、詩吟に身ぶりをつけて剣舞《けんぶ》を舞う。つまり、音と体の動きとを一緒におぼえたのです。あとは浪曲、端唄《はうた》、小唄《こうた》などをいやというくらい聴く。

そういう形で、音としての詩歌《しいか》というものを、幼年期から少年期にかけて深く体験してきたわけです。そのことは自分にとってものすごく大きな財産であり、一生を運命づけたともいえるでしょう。

そして、両親が好んでいたそういう二つの流れの歌を聴きながら、私が子ども時代をずっとすごしたことは、これも運命としかいいようがありません。いまの年齢になっても、そういうものが自分の音楽的感性になって、そのなかにしっかり根づいている。そして、その根は決して切り取ることができないのです。

私はいまでも、詩を机の上で読むという気はあまりしません。詩は「うたうもの」として大好きなのです。

それに輪をかけたのが、大学で教わったブブノワ先生というロシア人の婦人との出会いでした。

ブブノワ先生は、私たちにさかんにロシアの詩、プーシキンやレールモントフの詩の朗読《ろうどく》をさせました。

あるいはアタウアルパ・ユパンキとの出会いもそうです。私はこのアルゼンチンの音楽家から、「フォルクローレ」というものの素晴らしさを、いやというほど教えられました。

「フォルクローレ」というと、なんとなくカッコよく聞こえますが、日本語に訳せば「民謡」でしょう。「民謡歌手のユパンキ」というとどうも妙《みょう》な感じがしてしまいますが、アルゼンチンのカウボーイ、ガウチョの歌も、あるいはウェスタン・ソングも、結局のところは民謡だといえるでしょう。

じつは、ユパンキという人は音楽家として知られているだけではありません。彼は国際学会で講演するほどの文法学者でした。また、作家でもあって、『カミニート・デル・インディオ（インディオの道）』という有名な小説も書いています。これは歌にもなっています。

このように言葉とかかわっている彼が、音楽とのかかわりもずっと切れずにいて、いまだに歌と結びついていますが、これも、いわば彼の運命だということなのでしょうか。

私自身は、言葉による演奏家でありたい、とずっと思っていました。ジャズのプレイヤーが音で演奏するのを、自分は言葉で演奏するのだ、と。つまり、ライブとしての表現ということが、私にとってはいちばん深いかかわりをもっているのです。

ライブとしての表現ということになると、書くことよりも、むしろしゃべることのほうがそれに近い。なぜなら、しゃべっているときは、肉声もジェスチュアも表情も身ぶりも、全部をそこに加えることができるからです。けれども、それを原稿に書いて活字にするときは、よほど加筆しないと、その場の雰囲気《ふんいき》は出てきません。

音、あるいは声というものに、私はずっと大きな影響を受けてきました。そのひとつひとつを探《さぐ》ってみると、大学で学んだロシア文学というのも、ある意味では「音声の文学」だといえると思います。

たとえば、十九世紀のロシアの詩人たちのロマンス詩集の扉《とびら》には、「歌はうたうべし。読むべからず」というエピグラフ（巻頭の引用句）が書かれていました。そこからも、詩は朗誦《ろうしょう》すべきものであって黙読すべきものではない、うたうことはいかに大事かということが、決定的に私のなかに根づいています。

ドストエフスキーにしても、ライブの表現を非常に大事にしていた作家です。彼は亡くなってから一時期、文学の世界であまり評価されないことがありました。ミステリー作家のような扱《あつか》いをされていたのです。しかし、イギリスの批評家たちが彼の作品を存在論的《そんざいろん》に解釈したことから再評価がはじまって、ブーム再燃《さいねん》することになります。

そのドストエフスキーは、朗読というものをとても重視していました。それだけに、彼が自作を朗読する会の人気はたいへん高く、楽屋を出てくるとき、若い女性たちが投げる花束が頭に当たって大変だった、というようなエピソードがあるほどです。

それと同時に、ドストエフスキーは口述によってもすぐれた作品をつくっていきました。たとえば、『賭博者《とばくしゃ》』などがそうで、晩年には速記者の女性と結婚しています。

ドストエフスキーの作品は「饒舌体《じょうぜつたい》」といわれます。それは、「饒舌体」というより饒舌そのものです。カンバスを油絵具《あぶらえのぐ》でぬりこめるように、次から次へと言葉があふれ出てくる。つまり、過剰《かじょう》なほどの表現のなかで、言葉がとめどなく氾濫《はんらん》していく、という文体なのです。

おそらく、ドストエフスキーは自分でペンを走らせて書いているときも、頭のなかでしゃべっているのではないか。むしろ、それを書き写していただけなのかもしれません。

それも一種のライブの形だといえるでしょう。このように、ドストエフスキーは自作を朗読するのも大好きだったし、口述でもたくさんの作品を遺《のこ》している。つまり、ドストエフスキーもまた「声の人」であり「耳の人」でもあった、ということだと思います。

ドストエフスキーの作品を、哲学として考察することも大事でしょう。しかし、それと同時に、もう一度彼のライブ感覚に思いをいたらせて、作品を肉感的にとらえ直すことも必要なのではないか。そのことが、やや片方に寄りすぎた感のあるドストエフスキーの再評価にもつながる気がします。

いまも、ロシアには詩の朗読をするコンサートがあります。人気のある詩人たちが朗読すると、二万人も集まったりするときききました。詩人たちがステージの上をいったりきたりしながら、ジェスチュアをまじえて詩を読む。観客たちはそれに聴きいって感動する。そういうコンサートなのです。

また、少し前にトルコのイスタンブールへ行ったときも、小劇場のようなホールで詩の朗読会がありました。ヒクメットという有名なトルコの詩人の詩を、名優といわれている初老の俳優が朗読するのです。

その朗読は本当に素晴らしかった。表情、抑揚《よくよう》、音の響き、強弱、緩急《かんきゅう》……。周りの観客はみんな涙ぐんで、ハンカチで目頭《めがしら》を押さえていました。言葉の意味はわからなくとも、私にもその感動が伝わってくる。あれは、やはり言葉のライブ感の魅力《みりょく》であり、音のもつ力ということなのでしょう。

本来、詩歌とは、声に出して耳から聴くものです。日本でも万葉《まんよう》時代のころからずっとそうでした。黙読というのは、ずっとあとになって出てきた読みかたであって、それまでは音読がふつうだったのです。

そういうふうにいろいろ見てくると、あの朝鮮の老人が、煙管《きせる》片手に声をはりあげて人びとに読んできかせていたのも、言葉による演奏だったのだと思うのです。

物語を目で読むのではなく、声に出して読んで表現する。それを聴いてみんなは喜び、悲しみ、嘆《なげ》き、快哉《かいさい》を叫ぶ。そういう言葉による演奏ということに、私は早くから親しんでいたわけです。

生まれつきの才能も運命である

このように、さまざまな歌との出会いがありました。それも私にとっては運命的なことだったと思います。作詞をしたりミュージカルの台本を書いたりと、音楽を自分の職業としていた時期もあり、いまもなお歌とかかわりつづけているのですから。

そして、私がいまだに歌謡曲や演歌などというものにこだわっているのは、『万葉《まんよう》集《しゅう》』や『梁塵秘抄《りょうじんひしょう》』以来、日本の大衆的な芸能として生まれてきた歌に親しんできたからでしょう。それがずっと名残《なごり》をとどめているからにちがいありません。

いろいろな運命というものがあります。

どういう両親のもとに生まれるか。どういう兄弟をもつか——。これらは逆らうことのできない運命です。両親を変えていくというのは至難《しなん》のわざです。両親を教育するといっても、なかなか自分の思いどおりになるものではありません。

さらに、どういう体型に生まれるか――。子どもは必ず両親の遺伝子を受けついで生まれてきます。あるいは祖父母の代からの隔世《かくせい》遺伝ということもあります。

遺伝子を受けつぐということは、体型、性格、能力、思考など多くの面で、無条件に親や祖父母の影響を受けることになる。これは、その人の人生のスタート時点ですでに定められていることで、どうしても避けられないことなのです。

シェークスピアもいっているように、人間は誰しもおのれの意志でこの世界に登場したわけではありません。「あたえられたもの」として、私たちは生まれてきます。これは、運命というものをいやでも自覚させられる大きな要因です。それを無視して運命を切り拓《ひら》こうとしても、無理だといわざるをえない。

それでも、ある程度《ていど》なら体型を変えることもできるでしょう。筋肉をつけることもできるかもしれない。ただし、身長を伸ばすということはそれほど簡単ではない。子どものときに牛乳をたくさん飲んだら背が高くなった、という話もききますが、牛乳をたくさん飲んでも、いっこうに背が伸びない子もたくさんいます。逆に、牛乳など飲まなくても、身長が伸びる人は伸びるわけです。

世の中には、神童《しんどう》とか天才といわれる子どもがいます。先日、あるテレビ番組で、アメリカに住む韓国人と日本人との夫婦に生まれた子どもを紹介していました。その少年は十二歳か十三歳くらいで、日本でいえば小学六年か中学一年に当たるのですが、すでに大学四年生として学んでいました。

彼は数学から文学などまであらゆる学問に優秀で、しかもその理解が非常に深いという。そればかりか、ピアノを自由自在に弾いて、自分で作曲までする。さらに、バスケットボールをやらせても上手だという話でした。

しかも、本人は屈託《くったく》がなくて素直《すなお》な感じの子どもなのです。周囲から、あなたは天才といわれてもしかたがない、と言われると、そういう意味では天才かもしれない、と謙虚《けんきょ》に答えていました。

たとえば、数学だけが得意な子や、運動だけが得意な子はたくさんいることでしょう。しかし、これほど多くの才能というものをあたえられてくる人間もいる。世界における才能が一定の量しかないとすれば、一人の人間にこれだけの才能が集中してしまうと、やはりわずかしかあたえられない人もいるのだな、と思ってしまいます。

彼のような子どもは何十万人か何百万人に一人かもしれません。それでも、突然変異《とつぜんへんい》のように、こうして過剰《かじょう》なほどの才能に恵まれて生まれてくる人もいれば、逆に、きわめて貧しい素質《そしつ》しかあたえられてこない人もいる。

それが「自力」によるのではないことはたしかです。そうなると、やはり「運命」としかいいようがありません。不公平だといっても、どうすることもできないのです。

ブッダが考えた人間にあたえられた人間存在の不条理《ふじょうり》の四つの条件というものを、中国語では「四苦《しく》」と訳しました。サンスクリット語の原義では、これは思うままにならないこと、思うにまかせぬこと、ということのようです。

つまり、人間の思うままにならないことから生まれてくる反応のひとつが、「苦」だということです。そして、仏教ではそれを「生《しょう》・老《ろう》・病《びょう》・死《し》」の四つと考える。要するに、生まれること、老いること、病《やまい》を得ること、死ぬこと、です。

このブッダが考えた「四苦」は、真理としていまも昔も変わらない重さをもっているように思います。そういう重さを抱《かか》えながら、その枠《わく》のなかで、人間はいかに自由に豊かに生きることができるのか、あるいはできないのか。この問いに対する答えを求めて、ブッダは二十九歳のときに家を出たのでした。

「生・老・病・死」という人生の不条理《ふじょうり》は、私たちの目の前にごろんと横たわっています。それはどうしようもないものであって、それを変える努力をしても、ある程度《ていど》以上は無理なのです。もちろん、ものすごい努力を重ねて体型を変えることができたという人や、ダイエットに成功したという人もいます。そういう人は、非常に意志の強い人だというべきでしょう。

この意志が強いとか弱いというのは、鍛《きた》えたら強くなるというものではない、と私は思います。鍛えることができる人というのは、やはり意志が強い人なのです。意志が弱い子どもというのは、努力ができないから意志が弱いのだ、という人もいます。だからがんばりなさい、もっと努力しなさい、ともいわれます。でも、それもやはり生まれつきの才能だろうと私は思うのです。

それなら、小さいときから子どもをスパルタ教育で鍛えればいい、と考える人もいるでしょう。でも、スパルタ教育に耐えることのできる子どももいれば、耐えられずに落伍《らくご》する子どももいるはずです。自信を失ってグレてしまう子どもだっているかもしれない。

そんなふうに、教育的効果というものはなかなか判断しにくいものです。ですから、私は教育というものをそれほど過大評価はしていません。むしろ、努力ということさえもあたえられた資質《ししつ》のうちだ、と考えたほうがいいのではないでしょうか。そうすれば、どうして自分は努力ができないのだろう、と嘆くことはありません。

なぜなら、それも本人の生まれつきの才能だからです。そして、そう生まれついたのは運命だ、こう考えたほうがいいと思うのです。

「生まれてはみたけれど」という年

私が生まれたのは昭和七年、西暦《せいれき》でいえば一九三二年です。この昭和七年というのはいったいどんな年だったのか、自分はどういうときに生まれたのだろうかと思って、自分の誕生日の日付の新聞のコピーを集めてもらったことがあります。つまり、昭和七年九月三十日の全国各紙ということですが、これが非常におもしろくて、一日中読みふけってしまいました。

古い新聞の紙面からは、歴史の教科書や年表からは決してうかがうことのできないものが感じられます。たとえば、その時代の匂《にお》い。あるいは、その時代を生きた人びとのなまなましい感触《かんしょく》。そういったものが三業記事の行間、あるいは広告ページ、海外ニュースなどから立ちのぼってくる。

読みながらわくわくして、そうか、自分はそういう時代に生まれたのかと、深い感慨をおぼえずにはいられませんでした。

いまの新聞と比べると、当時の新聞はいろいろな意味でおもしろい。為替相場《かわせそうば》なども刻々と出てくるのですが、まだ電話回線が少ない時代なので、その多くは電信《でんしん》によって送られてきた情報なのです。電信といってもわからない人もいるかもしれませんが、現地から電報を打ってニュースを伝えていた、と考えればいいでしょう。

また、生糸《きいと》の値段というものが大事なニュースになっています。当時の日本経済は生糸の輸出に大きく依存《いぞん》していて、それで成り立っていたような面がありました。いまも横浜には、開港百年を記念して昭和三十四年に建設された「シルクセンター」があります。

ですから、昭和七年の新聞には生糸相場の記事があり、為替相場の話も載《の》っている。いわゆる三業記事にもおもしろいものがいろいろある。そうかと思えば、海の向こうのアメリカの大リーグのニュースもあり、ベーブ・ルースがホームランを打ったとか、ゲーリックがどうしたとかいうことがちゃんと載っている。

ここ数年、大リーグで活躍する日本人選手が増えたため、大リーグの記事がずいぶん新聞に載るようになりました。しかし、昭和七年当時の大リーグは、日本から見てはるかに遠いものだったのではないでしょうか。そう思うと、日本人の野球好きは昔から変わらないところがあるんだなと思って、興味ぶかく読みました。

そして、昭和七年という時代をあらためてふり返ってみると、これはもう、大変な時代だったということがわかってきます。

最近、「日本新語・流行語大賞」という賞があって話題を呼んでいます。流行語というのは、流れに浮かぶ泡《あわ》のようなものではあるけれども、やはり、どこかでその時代を反映《はんえい》していることは否定できません。

昭和七年、つまり一九三二年とはどんな年だったのか。

その三年前の一九二九年十月二十四日、ニューヨークのウォール街で株式が大暴落。それが波及《はきゅう》して、かつてない世界的規模《きぼ》の経済恐慌《きょうこう》が起こっています。企業《きぎょう》はつぎつぎに倒産し、失業者が増大する。購買力《こうばいりょく》が弱くなり、農産物の価格が下落して農業恐慌も起こる。日本経済も深刻な状況におちいっていました。

その世界恐慌の年、昭和四年の流行語はなにかというと、「大学は出たけれど」。大学は出たけれども、就職口がない。そのため、就職浪人《ろうにん》する学生が山ほどいました。それは、約四十年後にパリで起こった五月革命（一九六八年）も基本的には同じ構図です。

パリのたくさんの学生たちが、大学は卒業したけれどもどこにも就職できない、教職にも就《つ》けない、会社にも入れない。どうしてくれるんだと大騒ぎしている。そこへ労働組合がうしろからさらに煽《あお》る。それが学生たちの反乱のような形になって、ゼネストが激化して、パリが燃えたわけです。

昭和四年の「大学は出たけれど」という状況は、それくらい大変なことだったのです。この言葉は、小津安二郎《おづやすじろう》監督の『大学は出たけれど』という映画のタイトルからとられたものでした。この映画がヒットして話題作となり、昭和四年を代表する言葉として残ったわけです。

翌年、政府は金解禁《きんかいきん》を実施《じっし》しますが、農業恐慌と経済恐慌は深刻化し、この年の失業者は三十六万人と推定《すいてい》されています。昭和六年には、生糸の輸出不振《ふしん》などもあって、金解禁政策によるデフレ圧力が、企業の破綻《はたん》、株価の暴落、失業の増大をもたらし、いわゆる「昭和恐慌」を引き起こしました。

その不況《ふきょう》の度合いが、昭和七年にはますます悪化しています。不景気が長引き、失業者は増えつづける。

とくに農村部の疲弊《ひへい》がはなはだしかったことが、当時の新聞記事にはあらわれています。東北方面からの列車の終着駅である上野駅では、若い娘たちが集団就職のように列車からぞろぞろ降りてくる。彼女たちは親のため、兄弟《きょうだい》のため、借金のため、いろいろなことのために、身を売って故郷《ふるさと》をあとにしてきたのです。

そうやって売られてきた農村の娘たちで上野駅はあふれたという。昭和の時代にまだ身売りがあったのかと驚く人もいるかもしれません。北海道や東北では凶作《きょうさく》もかさなって、娘の身売り、欠食児童、自殺者が続出していました。食糧不足のために、木の実、草の根まで食べつくされたといいます。それくらい大変な時代だったといえるでしょう。

さて、その昭和七年の流行語として伝えられているのが、「生まれてはみたけれど」です。

これも、小津安二郎監督の『生れてはみたけれど』という映画のタイトルの言葉です。それにしても、三年前の「大学は出たけれど」はまだいい。「生まれてはみたけれど」という言葉には愕然《がくぜん》とさせられます。もっとひどくなると、太宰治《だざいおさむ》が好んで使っていた「生まれて、すみません」という言葉もありますが。

「生まれてはみたけれど」というのは、この世に生まれてきたものの、生きていくすべがない、生きていく目的がない、ということでしょう。なんともいえず情けない言葉です。

仏教には「人身受《にんじんう》けがたし」という言葉があります。これは、人として生まれるということすら希有《けう》なことであると感謝せよ、ということです。もし、ヒマラヤのロバにでも生まれていたらどうだったか。そう想像すると、誰《だれ》でも人に生まれたことを感謝したくなるでしょう。そういう「人身受けがたし」という表現がある。

それに比べると「生まれてはみたけれど」というのは、じつに情けない。自分はそういう言葉が流行《はや》った年に生まれたのかと考えると、なんともいえない感慨をおぼえずにはいられません。

ここ数年の日本新語・流行語大賞をふり返ってみると、「失楽園《しつらくえん》」というのが平成五年でした。これは手短《てみじか》にいえば不倫《ふりん》のことでしょうが、不倫も、金《かね》やエネルギーやいろんなものがなければできません。ここ十年ぐらいずっと日本は不況だといわれていますが、こういう言葉が流行するのはまだいいほうだと思うべきでしょう。

平成十二年の大賞は「おっはー」でした。これはテレビ番組から流行《はや》った言葉ですが、「生まれてはみたけれど」という言葉に比べると、ずいぶん明るくて軽い。

そして、平成十三年は「米百俵」「聖域なき改革」「恐れず怯《ひる》まず捉《とら》われず」といった小泉純一郎《こいずみじゅんいちろう》首相の一連のキャッチフレーズが受賞しています。

こうした言葉からみても、いま日本は大変だ大変だというけれども、やはり昭和七年のほうがもっと大変だったのではないかと思うのです。

テロリズムと経済恐慌の時代に生まれて

昭和七年という年は、第一に「テロの時代」でした。不況ということもありましたが、それと前後して血なまぐさい事件がつぎつぎに起こったのです。考えてみると、これも現在の状況とかさなっているところがあります。

テロの時代を予感させる事件は、その二年前にさかのぼります。昭和五年十一月十四日、民政党《みんせいとう》の浜口雄幸《はまぐちおさち》首相が極右愛国社《きょくうあいこくしゃ》社員に狙撃《そげき》されたのです。

浜口首相は奇跡的に一命をとりとめたものの、そのときの傷がもとで翌年亡くなりました。そして、議会は大混乱におちいり、政党政治への不信が高まることになりました。

昭和六年九月十八日には満州事変《まんしゅうじへん》が起こっています。日中戦争、太平洋戦争へとつづいていく「十五年戦争」と称される戦争の口火が、この年に切られたのでした。

その翌年が昭和七年です。この年は二つの大きなテロ事件が社会を震撼《しんかん》させました。

一つは「血盟団《けつめいだん》」という右翼グループによるものです。

リーダーは日蓮宗《にちれんしゅう》の僧侶《そうりょ》だった井上日召《いのうえにっしょう》で、彼のもとに集まってきた農村青年や学生を中心とするグループが、のちに血盟団と呼ばれるようになったのです。その背景に深刻な農業恐慌があったことはいうまでもありません。彼らのリストには、十三人の要人の名前が標的としてあげられていました。

「一人一殺」をモットーにした彼らは、まず同年二月九日に前大蔵大臣の井上準之助《いのうえじゅんのすけ》を暗殺。選挙演説会の会場に到着して、自動車から降りたところをピストルで撃ったのです。日本の農村がこれほど疲弊して農民が苦しみにあえいでいるのは、井上が蔵相時代《ぞうしょうじだい》にとった緊縮財政《きんしゅくざいせい》のためだ、という理由からでした。

さらに、血盟団は三井財閥《みついざいばつ》のリーダーである團琢磨《だんたくま》という大物を狙《ねら》います。三月五日、團琢磨は当時の三井銀行本店（三井合名ビル）の前で撃たれて即死。作曲家の團《だん》伊玖磨《いくま》さんのお祖父《じい》さんに当たる人です。

團琢磨は当時の日本の財界の総帥《そうすい》でした。そういう人物がテロの犠牲《ぎせい》になったのです。平成十四年五月に経団連と日経連が統合されて「日本経済団体連合会」、通称「日本経団連」という団体になりましたが、いわばそのトップが暗殺されたようなものでしょう。

その他の要人の暗殺は未遂《みすい》に終わり、血盟団のメンバーは逮捕されます。井上日召は自首しました。こうして「一人一殺」のテロリズムには終止符が打たれました。

しかし、それだけではおさまらず、五月十五日にあらたなテロ事件が起こったのです。当時、血盟団の井上日召と手を組んでいた青年将校のグループが、首相官邸の犬《いぬ》養毅《かいつよし》総理大臣を襲撃《しゅうげき》。このとき、犬養首相は血盟団団員たちに「話せばわかる」と呼びかけたといわれますが、彼らは「問答無用」と叫んで射殺したという。

テロリストたちはこの日、首相官邸以外にも内大臣《ないだいじん》官邸、政友会《せいゆうかい》本部、日本銀行、三菱《みつびし》銀行、警視庁などを襲《おそ》い、東京を恐怖におとしいれました。これが五・一五事件です。

それにしても、もし現在、財界の総帥と総理大臣が相次《あいつ》いで暗殺されたとしたら、いったいどうなるでしょうか。日本中、上を下への大騒ぎになるでしょう。

昭和七年という年はそれが現実に起こったのです。テロというものがそれほど人びとに大きな衝撃《しょうげき》をあたえた年でした。テロ事件、不景気、失業、デフレ……。こういうことが日常的に起こっていたわけです。

そればかりではありません。満州事変につづいて、昭和七年には上海事変《シャンハイじへん》が起こる。満州国が建設される。きな臭いにおいがどんどん広がっていく。

そして、四年後の昭和十一年には、ふたたび青年将校たちによる軍事クーデター、二・二六事件が起こり、東京に戒厳令《かいげんれい》が敷かれることになります。翌年には日中戦争がはじまっている。ヨーロッパのほうでも、ドイツでヒトラーが政権を握り、ナチズムがどんどん台頭《たいとう》していく。第二次世界大戦がはじまるのが一九三九年、昭和十四年です。

昭和七年というのは、このように世界中で戦争の足音が近づいてくるという時代でした。それだけに、「生まれてはみたけれど」という言葉にも実感があったのでしょう。ある意味では、現在の状況と共通しているように見えるものの、当時の状況のほうがずっと深刻だったという感じがします。

ですから、この年に生まれた人たちを眺《なが》めまわしてみると、みんな生命力が旺盛《おうせい》だなというふうに思うことがあるのです。とんでもない時代に生まれたものだから、そのなかでしのぎながらなんとかやってきて、みんなそれぞれ、しぶとく生き残ってきたのかもしれません。

私がデビューした一九六〇年代半《なか》ばには、「花の七年組」という言葉がありました。というのも、当時のオピニオンリーダー、あるいはジャーナリズムの旗手《きしゅ》として活躍している人たちのなかに、「昭和七年生まれ」が非常に多かったからです。

たとえば、ちょっと思いつくだけでも石原慎太郎《いしはらしんたろう》さん、大島渚《おおしまなぎさ》さん、小田実《おだまこと》さん、本多勝一《ほんだかついち》さんなどがそうですし、あの青島幸男《あおしまゆきお》さんも七年組です。

さらに調べてみると、それ以外にもたくさんの七年組の男性がいました。たとえば、音楽の分野では岩城宏之《いわきひろゆき》さん、小林亜星《こばやしあせい》さん、船村徹《ふなむらとおる》さん、遠藤実《えんどうみのる》さん、中村《なかむら》とうようさん、少し前に亡くなられた山本直純《やまもとなおずみ》さんなどが、みんな七年組です。

映画監督では、大島渚さんのほかに故・藤田敏八《ふじたとしや》さんもそうですし、海外まで含めると、トリュフォーやタルコフスキーも七年組に入ります。いま名前をあげた人たち以外にも、さまざまな分野の第一線で活躍しているかたがたが存在します。

ただし、いまでは「七年組」という呼びかたをすることがないので、なんとなく、エネルギーを失ったのかという感じがするのでしょう。

そのなかで、私が昭和七年という時代について、複雑な感慨を抱《いだ》いた出来事がありました。それは平成十一年七月二十一日、江藤淳《えとうじゅん》さんが自《みずか》ら死を選んだという事件でした。

江藤淳さんの死をめぐる反響

江藤淳さんは批評家、評論家としてたいへん高名なかたでした。とくに夏目漱石《なつめそうせき》に関する評論は広く読まれています。また、日本文芸家協会の理事長として、大きな仕事もたくさんされています。

要するに、戦前の小林秀雄《こばやしひでお》の跡を継ぐのはこの人であろうといわれるような存在であり、また文壇《ぶんだん》の重鎮《じゅうちん》といわれる人だったわけです。

私は江藤さんとは思想的にも立場がちがいますし、あまり縁《えん》があったとはいえません。しかし、江藤さんのライフワークである『漱石とその時代』などの本は愛読しました。それ以外にも『海は甦える《よみがえる》』とか『荷風散策《かふうさんさく》』などもとてもおもしろく読みました。会って挨拶《あいさつ》をしたことが一度だけありましたが、ほとんどおつきあいはなく、よその世界の人として遠くから見ていたという感じでした。

そういう江藤さんですが、どういうわけか、新刊が出るたびに一回も欠かさず、私に本を送ってくれていました。とくに私が好きだったのは『夜の紅茶』という随筆集《ずいひつしゅう》です。本の装幀《そうてい》も気にいっていましたが、『夜の紅茶』というタイトルも好きでした。

なんの縁もないはずなのに、江藤さんが自分の本を送ってくれる。そのことは、ずっと私にとっては不思議《ふしぎ》でもあったのです。

江藤さんが亡くなったとき、自殺だったということで、新聞や雑誌でもかなり大きく取り上げられましたし、さまざまな人のコメントが出ました。私もコメントをもとめられましたが、自分はその任ではないので、と言って断りました。

ただ、江藤さんの死についていろいろな人が書いたコメントを、気をつけて読んではいました。そうしますと、どこかそれまでの著名な人が亡くなった際のコメントとはちょっとちがうな、という感触がありました。

というのは、日本人というのは、気にいろうが気にいるまいが、亡くなった人に対してはめったに批判的なことを書きません。その人の業績を讃《たた》えて遺徳《いとく》をしのび、惜しいかたを亡くした、と儀礼《ぎれい》的にまとめるのがふつうなのです。

ところが、江藤さんが亡くなった際のコメントは、そういうものだけではありませんでした。「しかし……」とか「ではあるが……」というように、どことなく奥歯に物のはさまったような表現をするコメントがいくつか目についたのです。

それは、彼が自《みずか》ら死を選んだということが人びとにあたえた衝撃の大きさと、「なぜ？」という疑問をあらわすものだったのでしょう。

実際、朝日新聞が「こころ」のページ（東京本社版と名古屋本社版）で、この江藤さんの死についてどう思うか、と読者に呼びかけて投書をつのっています。その結果、予想以上にたくさんの投書が集まったため、新聞の紙面で二度にわたって投書特集を組んで紹介されました。

さらに翌年一月、その投書のなかから百三十通ほどを選んで収録した『江藤さんの決断』というタイトルの本が、同社から刊行されました。これは、かなり異例のことだろうと思います。

私もこの本を買って読んだのですが、編集者による「あとがき」の最初の部分にはこんなふうに書かれています。

〈私たちが「江藤さんの決断」について投書を募《つの》ったのは、あの遺書に釈然《しゃくぜん》としなかったからだ。なぜ死を選んだのか、納得できなかったのである。

初めは江藤さんの行動に理解を示す投稿が多かったが、次第に批判的な手紙がふえた。おおざっぱに分類すれば、約二割が理解を示し、約六割が疑問を呈《てい》した、というところだろう。残りはどちらともいえない内容だ〉

この本のなかには、江藤さんの決断について寄せられたいろいろな投書がおさめられています。もちろん、江藤さんの死を非常に美しい日本人らしい死である、とするものもありました。その前年の十一月に癌《がん》で逝《い》かれた妻への純愛の物語である、といった受けとめかたです。

しかし、江藤さんの死を肯定的《こうてい》に受けとめて哀悼《あいとう》の意を表するものは、投書全体の約二割にすぎなかったらしい。逆に約六割が留保《りゅうほ》するというか、気持ちはわかるが、というような感じで、全面的賛成とは認《みと》められないものだったというのです。その「あとがき」は非常に印象的《いんしょうてき》でした。

私はそのときはまだ、江藤さんの死に関して格別に深い感慨を抱くということはありませんでした。けれどもそのあとで、江藤さんが私と同じ昭和七年生まれだったことがわかったのです。

生前の江藤さんは、昭和八年生まれだと思われていました。年譜《ねんぷ》にも昭和八年生まれと書いてある。それで私はずっと、江藤さんは一級下なんだな、昭和七年組ではないんだな、と思いこんでいました。

それが、亡くなったあとで彼も七年組だったことを知ったのです。十二月二十五日生まれなのでぎりぎりですが、江藤さんも「生まれてはみたけれど」という年に生まれた一人だった。昭和七年に生まれ、戦中、戦後、昭和、平成、と同じ時代を生きてきた人だったのです。

その七年組の江藤さんが、平成のある年に自ら死を選んだのだとわかったときに、江藤さんの死というものが複雑な思いで胸にせまってきました。そのため、それからは意識して江藤さんに関するものを読むようになったのです。

「心身の不自由」という言葉

江藤さんは亡くなる前に、一枚の原稿用紙に万年筆で、遺書のような短い走り書きを遺《のこ》していました。

「文學界《ぶんがくかい》」（平成十一年九月号）にその「遺書」の写真が公開されていましたが、そこにはこう書かれています。

〈心身の不自由は進み、病苦は堪《た》え難《がた》し。去る六月十日、脳梗塞《のうこうそく》の発作《ほっさ》に遭《あ》いし以来の江藤淳は形骸《けいがい》に過ぎず。自ら処決《しょけつ》して形骸《けいがい》を断ずる所以《ゆえん》なり。乞《こ》う、諸君よ、これを諒《りょう》とせられよ。

平成十一年七月二十一日　　江藤　淳〉

私はその短い文章を、何度も何度もくり返して読みました。

後半のやや美文調《びぶんちょう》の漢文のような文章には、あまり共鳴するところはありませんでした。しかし、最初の「心身の不自由は進み、病苦《びょうく》は堪《た》え難《がた》し」という一行には、胸を衝《つ》かれる思いがしました。

この一行は、文学的表現とかなにかを考えるいとまもなく、ああ、というため息とともに思わず漏《も》れ出た言葉なのではないか。そんな印象を受けたのです。なんともいえない気がしました。

「心身の不自由」の「不自由」という言葉――。「自由／不自由」というのは、非常に簡単なことのように思われていますが、決してそうではない。心身が自由にならない、不自由だということは、じつに大変なことなのです。

「自由／不自由」という言葉は、単に「気ままにできる／できない」という感じに受け取られがちだけれども、それだけではない。

心身とは「こころ」と「からだ」です。本人にとってからだが不自由だということは、外部の人にはうかがい知れないつらい思いがあります。まして、こころの不自由さとなれば、それ以上のつらさです。これは、自分のこころが思うようにならない、自分でコントロールができない、ということにほかなりません。

そのつらさや苦しさというのは、一度でもそういうことを経験した人ならよく理解できるでしょう。ある一点まででは、他人が好意や善意でそのつらさを癒《いや》そうと努めてあげることは可能です。けれども、ある一点から先はどうしても無理だ、と私は思うのです。

どんなに親切な看護婦さんであっても、血を分けた親子や兄弟《きょうだい》であっても、あるいは幼《おさな》なじみの親友であっても、どんなに誠意に富んだ医師であっても、ある一点から先には入れない。個人の心のなかには、他人が絶対に立ちいることのできない部分がある。不自由というのは、まさにそこにかかってくるのです。

ですから、江藤さんが書いた「心身の不自由は進み」という一節は、じつは大変なことを表現しているのではないか。この「遺書」を読んで、私がまず感じたのはそのことでした。

「自由／不自由」とは、言いかえれば「思うままになる／ならない」ということです。「思うがままにならない」ということを、サンスクリット語では「ドゥフカ（duhkha）」といいます。人生は思うがままにならないし、人が生まれるということも思うがままにはならない。これが「ドゥフカ」ということです。

これまで何度もくり返して引用していることですが、シェークスピアの『リア王』のなかに「人は泣きながら生まれてくる」というセリフがあります。人は、生まれてくる時代も、出身地も、人種も、肌の色も、性も、あるいは才能も、両親も、兄弟も、自分の意思では選べません。だから、人は泣きながら生まれてくる。

つまり、私たちは生まれたときから、なにひとつ自分の意思や努力によって選ぶことはできないのです。

これほど不自由なことがあるでしょうか。まさに不自由とは「思うがままにならない」ということです。この「思うがままにならない」ことを意味するサンスクリット語の「ドゥフカ」という言葉を、中国人は「苦《く》」と訳しました。

前述したように、仏教では「思うがままにならない」ことを四つあげています。

まず、人間は生まれてくることにおいて、思うがままにならない。

生きていくということも、思うがままにならない。

病気をしたくないといっても、思うがままにならない。

どういうふうに死がやってくるのか、死にどう対処《たいしょ》すればいいのかということも、思うがままにならない。逆らっても逆らっても追い払うことのできないもの、思うにまかせぬことの最大事が「死」です。

このように「生《しょう》・老《ろう》・病《びょう》・死《し》」という四つの思うままにならないことを、中国人は「四苦《しく》」と訳しました。

ただ、「苦」という表現をしてしまうと、「ドゥフカ」とは少しニュアンスがちがうという気がします。「苦」とは、思うにまかせぬ四つのことから生まれてくる反応の一つである、と私は思っています。

遺書というものには、神や宗教的な言葉が出てくることが多い。とくに外国の場合はそうです。しかし、江藤さんは世を去るときに、ひとことも宗教的な言葉を発していません。そういう言葉を発しなかったにもかかわらず、「不自由」という宗教的な大テーマにそのまま触《ふ》れてしまうような文章を書き残していたのです。

宗教的感覚とは、宗教に関する業界用語を文章のなかに使うことではありません。心身の不自由ということを痛感したという点において、江藤さんの「遺書」はたいへん深い宗教的なものに触れていると思うのです。

医学の目的とは苦痛を軽くすること

いまから二千五百年あまり前、いまのネパール、昔の北インドの一角にシャーキヤ

〈釈迦〉族という小さな部族が住んでいました。その部族のリーダーの子として生まれた青年がゴータマ・シッダールタ、のちのブッダ（仏陀）です。諸説あって確実なことはわかりませんが、紀元前五六六年とも紀元前四四八年ともいわれています。

このゴータマ・シッダールタという青年は、幼いころからものごとを突きつめて考える性格だったらしい。彼の両親は、子どもは泥だらけになって遊んでいるほうがいい、やんちゃ坊主《ぼうず》でいい、という考えだったのでしょう。そんな息子《むすこ》のことを心配して、世間並みに子どもの遊びをするように彼にすすめました。それでもゴータマ・シッダールタは、いろいろなことを考えこむような内省《ないせい》的な子どもだったようです。

彼の親や周りの人たちは、ゴータマ・シッダールタが成長してからも、彼のためにリゾート用の立派な施設《しせつ》をつくったり、仲間を集めたり、あるいは美しい女人《にょにん》を呼びよせたりしました。もう少し彼に人生を楽しんでほしいと思ったのでしょう。

それにもかかわらず、彼の性癖《せいへき》はいっこうに直りませんでした。そして、人生とはいかなるものかと根《こん》をつめて考えてしまう。そんなふうに変わった青年だったらしいのです。

ゴータマ・シッダールタは考えました。人生とは思うにまかせぬものである。これを人生の不条理《ふじょうり》という。第一の不条理は、生まれてくること、生きていくこと。第二は老いていくこと。第三は病《やまい》を得ること。そして、第四は死ぬということだ、と。

彼は、この「生・老・病・死」の四つの思うにまかせぬことが人生の最大の真実である、というネガティブな思想に立ちいたるわけです。

いくら文明が進歩しようと、歴史が変わろうと、人間というものは永遠にその四つの軛《くびき》から逃《のが》れることができない存在《そんざい》である、それが唯一《ゆいいつ》の真実である、と彼は考えました。これは極端《きょくたん》に徹底したマイナス思考、というべきでしょう。

人生は不条理であり、思うにまかせぬものである。そのなかで、この四つの思うにまかせぬことは永遠に変わることがない。彼はそう考えたのです。

ただ、ゴータマ・シッダールタは並《なみ》の青年ではなく、非常にユニークな人物だった。そのため彼は、マイナス思考に行きづまったところで立ちどまって、ため息をつくことはしませんでした。人はそのように四つの思うにまかせぬこと、人生の不条理を抱《かか》えているが、それでもなお、人生を肯定していきいきと豊かに生きられるのだろうか、それとも、絶対にできないのだろうか、と彼は疑問を抱《いだ》くのです。

結局、ゴータマ・シッダールタはその答えを求めるために旅に出ます。本当の真実、人生の不条理をのりこえて生きていくような道があるのか、それともないのか。真理を探求する冒険の旅へと旅立っていくわけです。

そのとき彼は二十九歳になっていた。自分の妻を捨て、子を捨て、家庭を捨て、地位を捨てての旅立ちでした。

お釈迦《しゃか》さんに妻や子どもがいた、ときくと意外な顔をする人もいるでしょうが、彼には妻も子もいました。その子どもは、自分の父親に一度捨てられたわけですが、のちに再会して、ブッダと呼ばれる父親の教えを、人びとに広める役割をはたしました。その意味では、なかなかできた息子だったといえるでしょう。

仏教とかブッダとかいうと、なんとなく抹香臭《まっこうくさ》い感じがしてしまいます。けれども、心のなかにそのような哲学的あるいは宗教的な大きな悩みを抱えた青年が、その問題を解決するために、敢然《かんぜん》としてひとり旅立っていく。

その荒野をめざす青年のうしろ姿を私は想像してみるのです。すると、それは血湧《ちわ》き肉躍《にくおど》るベンチャーの物語である、というふうにも受け取れないでしょうか。また、そう考えると、後年、釈迦とかブッダとかいわれるその人のことが、なんとなく身近《みぢか》に感じられてきます。

いずれにしても、江藤淳さんの「遺書」に書かれていた「心身の不自由」という言葉の「不自由」には、そういうことが絡《から》まっているのだと思います。思うにまかせぬ人間の一生、という感覚がにじみ出ています。

そして、江藤さんの「遺書」の文章でそのあとにつづくのが「病苦は堪え難し」という言葉です。この「病苦」という言葉にも、私は強く胸を衝かれました。

病というものは、科学や医学の進歩によって治すことができると考えられています。医師たちは、病を治療して不健康な人を健康な状態に戻すことが、医学のつとめだと信じているはずです。

けれども、私はそれはちがうと思う。それよりも、患者の苦しみや苦痛というものを軽くすることが医師のつとめなのではないか。

患者の命を永《なが》らえさせるとか、病気を治すとかいうことよりも、なによりも大事なのは、いま苦しんでいる患者のその苦しみを、少しでも軽くすることでしょう。私は、それが医学の最大の目的だと思います。

しかし、実際はどうかというと、病気を治すためなら少々苦しくても我慢しなければいけない、と言ったりする人が多い。あるいは、模範的な患者というのは、少しも痛みを訴《うった》えない我慢強い人のことだとされる。不平不満をまったく言わない患者が、病院内で評判がよかったりする。それは間違《まちが》っているのではないでしょうか。

医学の最大の目的は、患者の痛みや苦しみを省《はぶ》くことだと思います。苦しみを取り除くということを、仏教では「悲」という言葉で表現する。これは「慈悲《じひ》」の「悲」で、サンスクリット語では「カルナー」といいます。

「抜苦与楽《ばっくよらく》」という言葉がありますが、これは「慈悲」を言いかえたものです。「与楽」とは、人間に喜びや希望をあたえて、いきいきとした生活を送らせるための愛情で、これが「慈」です。同時に、「抜苦」とは、人間の苦痛や悲しみというものを少しでもやわらげて慰《なぐさ》めようとする感覚で、これが「悲」です。

このように、「抜苦与楽」という言葉は「慈悲」という言葉で説明できる。私はこれを、「慰めと励《はげ》まし」というふうに言いかえてもいいような気がしています。

江藤さんの「遺書」の最初の一行には「心身の不自由は進み、病苦は堪え難し」と書かれていました。

私は、江藤さんの死を惜しむと同時に、正直にいって、江藤さん、楽になってよかったな、と思わずにはいられませんでした。この一行で、はじめて彼の死を納得したわけです。

そして、「心身の不自由は進み、病苦は堪え難し」という文章を思い出すたびに、なんという痛切《つうせつ》な言葉だろうかと思わずにはいられないのです。

生前、ほとんど交流がなかった人だけに、この遺書ともいえないような遺書のわずかな言葉に、よけいに胸を打たれたのかもしれません。

同じ引揚者《ひきあげしゃ》として感じる連帯感

江藤さんの死に関しては、その「ベターハーフ」であり、愛する伴侶《はんりょ》であった江藤夫人の先立つ死が大きな影響をあたえていた、といろいろな人が分析しています。おそらく、そうだったのだろうと私も思います。

江藤さんの奥さんの慶子《けいこ》さんは、江藤さんが亡くなった前年の平成十年十一月七日に癌《がん》で亡くなられました。

そのとき、たくさんの新聞や雑誌が江藤夫妻を紹介する記事を載せました。それによれば、江藤さんと慶子さんは慶應義塾大学文学部の同級生として知りあい、江藤さんが慶大大学院の修士一年のときに結婚したということでした。

なかには無責任なゴシップも混ざっていたと思いますが、慶子さんがヴァイオリンのケースを抱えて三田のキャンパスを颯爽《さっそう》と歩いていくと、慶應ボーイたちはみんな彼女を憧《あこが》れのまなざしで眺《なが》めていたという話もありました。その慶子さんと結婚した江藤さんを、友人たちはひそかにうらやましがっていたともいいます。

また、江藤夫妻がアメリカに住んでいたとき、慶子さんは専門の美術学校に通《かよ》って絵を学んでおられたそうです。

鎌倉に住むようになってからは、同好のご婦人がたと原書で外国文学を読むような会もやっておられた、という話もありました。

慶子夫人というのは、そういういろいろな話題でもわかるように、賢夫人《けんぷじん》として非常に評判の高いかたでした。そのため、私は慶子さんに対して、銀のスプーンをくわえて生まれてきたような名門出身の令嬢、というような勝手なイメージをずっと抱いていたのです。これはもう、自分勝手な妄想《もうそう》というべきでしょう。

人はそんなふうに、勝手にいろんなことを決めつけて考えるものなのです。

とにかく、慶子さんは大変な賢夫人だといわれていました。あの江藤さんが、奥さんにはずいぶんインスパイアされ、知的にも刺激を受けていた、というような話もききます。すると、なるほどすごい才女なんだな、と単純に思ってしまうわけです。

考えてみますと、私はその慶子夫人と生前、たった一度だけ言葉をかわしたことがありました。これを運命的な出会いといっていいのかどうかはわかりませんが、まさに一度だけの出会いだったのです。

ある夏、信州へ行ったときのことでした。花火大会があり、そこで偶然《ぐうぜん》、江藤夫妻と隣り合わせになったのです。

すると、私の隣の席に座った慶子夫人が、小声でこう話しかけてこられました。

「五木さんのエッセイは、いつも印象ぶかく読ませてもらっています」

私がびっくりして慶子夫人の顔を見ると、さらに彼女はこう言われました。

「とくに、外地での思い出を書かれたところとか、引き揚げのことに関しては、非常に共感するところがありました」

思いがけない言葉だったので、私は半信半疑《はんしんはんぎ》でこうきき返しました。

「ほんとに僕の書くものなどを読んでくださってたんですか」

「ええ、読みました。なんといっても、五木さんと私はある意味では同期生ですものね」

私は驚きました。おそらく、慶子夫人が読んだというのは『風に吹かれて』とかそういうエッセイだろうと思いました。でも、「同期生」という言葉がなにを指《さ》しているのかわからなかったのです。

「同期生ってどういう意味ですか？　年齢もちがうでしょうし、学校は全然ちがうし、なんのことですか？」

すると、慶子夫人は私に不思議な質問をしました。

「一九四五年……昭和二十年の敗戦の年の冬を、五木さんはどこですごされましたか？」

「ぼくは父親が教師だったので、あのころは外地を転々としていて、昭和二十年には平壌《ピョンヤン》という街《まち》にいました。そして、戦後すぐに引き揚げるチャンスを失って、いわば難民のような形でひと冬、集団生活をしました。平壌《ピョンヤン》で冬をすごしたんです」

こう答えると、慶子夫人はこう言ったのです。

「そうでしょう。じつは、私もそのとき平壌にいてその冬をすごしたんです」

私は心底びっくりして、思わず慶子夫人の顔をつらつら眺めてしまったほどです。

平壌にいた理由を尋ねてみると、彼女は淡々とこう語りました。

「当時、私の父は満州国の役所に勤めていました。ソ連軍が入城してきたとき、仲間の人たちと一緒に鴨緑江《おうりょっこう》をこえて朝鮮へ南下しようとしましたが、途中でいろんな人たちが死んだり倒れたりしました。平壌まではたどりついたものの、力尽きてとうとう動けなくなって、収容所のようなところで難民としてその冬をすごしたんですよ」

そうきいても、すぐには信じられません。なにしろ、私の頭のなかには、ヴァイオリンを弾《ひ》いたり絵を描《か》いたりしている良家の子女、というイメージがあったものですから。

「本当ですか？」

「ええ、そうなんです。だから五木さん、私たちは『時代の同期生』みたいなものじゃありませんか」

こう慶子夫人に言われたものの、まだ釈然《しゃくぜん》としないところがありました。彼女の話を信用しないわけではないけれども、なんとなく実感がなかったのです。

この人が引揚者《ひきあげしゃ》とは……。当時、「引揚者」という言葉は、ある意味では差別用語でもあったのです。実際に、引揚者が集まって住んでいた住宅が、街の人たちから白い目で見られたりしたこともありました。いまでは「帰国子女」などと呼んで、若い人たちは引揚者をカッコいいもののように思っているようですが、あのころはそうではなかったのです。

そんなことがあった後、「週刊朝日」（平成十年六月二十六日号）の〈夫婦の階段〉という連載記事に江藤夫妻が登場していました。これは、いろいろなカップルが登場しておたがいにパートナーのことを話し、それを編集部がまとめるという形のものです。

その記事では江藤さんが慶子夫人のことを語り、慶子夫人が江藤さんについて語っていた。すると、江藤さんのコメントのなかにこういう言葉があったのです。

〈いちばん強烈だったのは、彼女が語った平壌《ピョンヤン》の収容所の話。家内《かない》の父親は内務省《ないむしょう》の役人で、彼女は生まれてすぐ満州《まんしゅう》に渡った。終戦の直前にソ連軍の空襲《くうしゅう》があり、急遽《きゅうきょ》、平壌に逃れて、終戦後そこで収容所生活を送った。そこにいた人の四分の三は死んだというんです。朝起きたら隣の人が死んでいて、埋めるのを手伝ったという話を淡々とする。びっくりしました。

そういう体験をしているから、アウシュビッツの話をしても過剰《かじょう》な反応を示さない。私だって経験したという気持ちがあるんでしょう。外見からは全然わからないと言われますが、腹の中にはやくざの姐御《あねご》みたいなところがある〉

この江藤さんのコメントを読んで、ああ、あのときの慶子さんの話は全部本当だったのだな、とあらためて思いました。

昭和二十年の敗戦の年の冬、ともに平壌という場所でパスポートをもたない外国人としてすごしたということには、やはり運命的なものを感じずにはいられません。慶子夫人はそれを「時代の同期生」と表現しましたが、運命の共通の担《にな》い手というか、同じ運命を担った人間、という感覚があります。

しかも、その人とはたった一度の出会いで、短い言葉をかわしただけでした。それ以後は会う機会もなく年月がすぎ、やがて慶子夫人は癌で亡くなったのです。

それを知ったとき、私は重い気持ちでそのことを受けとめずにはいられませんでした。その翌年、江藤さんが亡くなったときも、彼が昭和七年生まれだとわかったこともあって、非常に複雑な思いを抱きました。

いま「運命の同伴者」たちへ

私は、亡くなった物書《ものか》きに対する追悼《ついとう》というのは、その人が残したものを読むことだと思っています。それで、江藤淳さんのものも少しずつ読んでいるところです。

このあいだ本棚を整理していると、『夜の紅茶』という江藤さんの本が出てきました。為書《ためがき》の入った献呈本《けんていぼん》です。それをあらためて読んでみると、やはり時代をともにした人だと強く感じました。

江藤さんも私も「生まれてはみたけれど」という年に生まれ、戦前から戦中、戦後、昭和、そして平成と生きてきた。立場はちがっても、やはり、そこに書かれていることに共感をおぼえることが多いのです。それは、同じ時代を、同じ文筆《ぶんぴつ》の世界で生きた人間としての運命的連帯感というものかもしれません。

また、慶子夫人に対してもそうです。外からは雲の上の人のように見え、苦労知らずの良家の子女というイメージがあった人でした。しかし、そんな慶子夫人があの敗戦の年に、私と同じように平壌の収容所にいたという。着の身着のまま、シラミだらけで、食うや食わずの難民生活を体験していたらしいのです。

そのことを知ると、「時代の同期生」というか「運命の共同連帯者」というか、そういう感じに打たれずにはいられません。

江藤淳さんという一人の批評家が、自ら死を選んだということ――。それが、同じ昭和七年という年に生まれ、同時代をともに生きた人生の締めくくりだった、ということもおのずと胸にせまってきます。

その江藤淳さんの伴侶だった慶子さんもまた、同時代に同じ場所を通過してきた「運命の同伴者」ともいうべき人でした。個人だけでなく、人間が共通して背負っている運命というものの重さを、あらためて感じさせられてしまうのです。

あとがき

私は悪人である。十二歳の夏から五十七年間、ずっとそう思いつづけてきた。

しかし、悪人といっても、胸をはって堂々と広言するほどの大した悪人ではない。真の悪人ならば、そこに逆転の救いもあるだろう。だが私はしょせん、ちゃちな小悪党《こあくとう》であり、自分でわざわざ宣言するほどのまともな悪人ではなかった。

戦後からずっとそのことが私の心に黒い影をおとしてきた。小説を書きはじめて以来、何度その出来事を作品に書こうと考えたことだろう。しかし、私には、母親のことも、その他のことも、小説というかたちで作品化することにつよい抵抗があって、書けなかったのだ。

小説として書くということは、作品の構成を工夫《くふう》することである。文体の洗練も必要だろう。いかに真実を描《えが》くといっても、当然そこには創作の無意識の技術がはたらく。

私はそれがいやだった。このことを小説として世に送ることなど許《ゆる》せないことだ、と感じたのである。

しかし、素朴《そぼく》な告白として扱うには、それにも増して抵抗があった。私がありのままを、ありのままに語ることができるためには、半世紀以上の時間が必要だったのかもしれない。

私がいま、やっとそのことを書けるようになったのは、私の心の変化ではない。「もう、書いていいのよ」という母親の声が、最近、どこからともなくきこえるようになってきたからである。

その声は私を許《ゆる》し、父親を許し、ソ連兵たちを許し、すべての人間の悪を悪のままに抱きとめようとする静かな声である。大悲《だいひ》、とはそのようなものを言うのかもしれない、とふと思う。

自分のこざかしい悪について語ることは、およそ恥ずかしいことである。しかし、「地獄《じごく》は一定《いちじょう》」という言葉に私は押されて、このような文章を書いた。「恥辱《ちじょく》は一定《いちじょう》」、すでに恥《はじ》にまみれはてた自分ではないか。無垢《むく》な少年ならともかく、これ以上なにを恥じることがあるだろう。

このことを書いてからでないと死ねない、と、長年、思いつづけてきた。これを最後に、しばらくこのような文章を書くことはないだろう。『大河の一滴』以来、ずっと目にとめてきてくださった読者のかたがたに、心から感謝したいと思う。またこの本が世に出るに際してご苦労をおかけした幻冬舎の見城、石原、山口、米原、小玉、尾崎氏らスタッフの皆さんに、そしてＡＤの三村淳氏、資料構成の黒岩比佐子氏、装画の五木玲子氏にも厚くお礼を申し上げます。

二〇〇二年　夏　横浜にて　　五木寛之

初出
許せない歌「オール讀物」一九九二年二月号／遠景のなかの父「波」一九七四年十二月号（「私の中の日本人―松延信蔵―」改題）／深夜に近づいてくる音／おのれの直感を信じて／人が「天寿」を感じるとき／運命のいたずら（踏まれたり蹴られたり）／宗教のふしぎな世界「日刊ゲンダイ」二〇〇二年六月十八日～七月二十日（「運命の足音がきこえる」に収録）

五木寛之（いつきひろゆき）

昭和7（1932）年9月福岡県に生まれる。生後まもなく朝鮮にわたり22年引揚げ。27年早稲田大学露文科に入学。32年中退後、PR誌編集者、作詞家、ルポライターなどをへて、41年「さらばモスクワ愚連隊」で第6回小説現代新人賞、42年「蒼ざめた馬を見よ」で第56回直木賞、51年「青春の門」筑豊篇ほかで第10回吉川英治文学賞を受賞。56年より一時休筆して京都龍谷大学に学ぶ。代表作に『デラシネの旗』『戒厳令の夜』『風の王国』などがあり、エッセイ集『風に吹かれて』は総数400万部に達するロングセラーになっている。小説のほか、音楽、美術、歴史、仏教など多岐にわたる文明批評的活動が注目されている。戯曲に『蓮如―われ深き淵より―』エッセイに『生きるヒント』シリーズ、『日本人のこころ』シリーズなどがある。弊社より発行の平成10年『大河の一滴』、平成11年『人生の目的』は大きな反響をよんだ。昨年春アメリカで刊行された英文版『TARIKI』は、2002ブック・オブ・ザ・イヤー（スピリチュアル部門）に選ばれた。

GENTOSHA

運命の足音

平成十四年八月十五日　第一刷発行

著者　五木寛之
発行者　見城徹
発行所　株式会社幻冬舎
〒151-0051 東京都渋谷区千駄ヶ谷4-9-7
電話：03(5411)6211(編集)
03(5411)6222(営業)
振替：00120-8-767643
印刷所　中央精版印刷株式会社
製本所　中央精版印刷株式会社

検印廃止　AD・三村淳　装画・五木玲子

Printed in Japan ISBN4-344-00223-7 C0095